AF199339

TAMBORA

VON

ALEXANDER

EPPLE

© 2019 Epple, Alexander
Herstellung und Verlag: BoD – Books on Demand,
Norderstedt
ISBN: 9783750433700

PROLOG

… Im Jahre 1815 ist auf einer indonesischen Insel der Vulkan Tambora ausgebrochen. Der Ausbruch war noch bis in das 1800 Kilometer entfernte Sumatra zu hören. In einem Radius von 1300 Kilometern regnete es Asche und bis zu 600 Kilometern vom Vulkan entfernt war der Himmel infolge der gewaltigen Aschewolke zwei Tage lang komplett verdunkelt. Die Sprengkraft beim Ausbruch des Tambora entsprach ungefähr 2300 Megatonnen TNT. An dem Ausbruch und seinen Folgen starben insgesamt etwa 200.000 Menschen. Der Ausbruch des Tambora 1815 war der stärkste Ausbruch eines Vulkans in der Geschichte, der jemals beobachtet wurde. Die Folgen des Ausbruchs beeinflussten das Klima auf der ganzen Welt. 1816 sprach man sogar vom „Jahr ohne Sommer"…

KAPITEL 1

XV TAGE VOR DEM AUSBRUCH

Es war ein nasser, grauer Montagmorgen des 21. Juli 2015. Thomas lag in seinem großen Bett in seinem Zimmer in einem Stadtviertel von New York. Die Wohnung, in der Thomas mit seiner Mutter lebte, war zwar nicht besonders groß, dafür musste Thomas Mutter auch nicht so viel Miete bezahlen. Die Wohnung bestand aus einer Küche, einem kleinen Wohnzimmer, einem Badezimmer, dem Schlafzimmer von Thomas Mutter, einem Esszimmer und Thomas' Zimmer. Thomas ist ein ganz normaler 16-jähriger Teenager aus New York. Er hat braune Haare und ebenfalls braune Augen. An den Wänden seines Zimmers klebten lauter Poster von Vulkanen aus der ganzen Welt, wie zum Beispiel dem Vesuv in Italien oder dem Krakatau. Thomas war ein großer Fan von Vulkanen und wollte später Vulkanologe werden, genau wie sein Onkel Larry. Larry erforschte bereits etliche Vulkane und schickte Thomas immer Fotos von den jeweiligen Vulkanen. Gerade befand er sich in Italien, um die Aktivitäten des Vesuvs zu untersuchen. Er hatte Thomas versprochen, dass er in den Sommerferien mit ihm nach Indonesien fliegen dürfe, um dort mit ihm den Vulkan Tambora zu besichtigen, dessen Ausbruch im Jahre 1816 für ein „Jahr ohne Sommer" verantwortlich gewesen war. Tambora war Thomas' Lieblingsvulkan. Er kannte alle Fakten des Vulkans, von seiner Höhe von 2850

Metern bis hin zu den Daten über seinen letzten großen Ausbruch im Jahr 1815.

Es war sechs Uhr als der Wecker, der die Form eines Vulkans hatte, klingelte. Thomas erschrak, als er den Alarm des Weckers hörte. Panisch, und durch den Schlaf noch etwas benebelt, tastete er mit seiner Hand nach dem Wecker auf dem Nachttisch. Neben seinem Wecker stand ein Glas Wasser, das er vor dem Zubettgehen dort abgestellt hatte, falls er nachts Durst bekommt. Er war so damit beschäftigt den Wecker auszumachen, dass er versehentlich gegen das Glas stieß, welches auf den Boden fiel und in tausend Teile zersprang. Plötzlich hörte Thomas eine Stimme aus dem Nebenraum. Es war seine Mutter, die bereits wach war und das Frühstück zubereitete. „Thomas", rief sie. „Ist alles in Ordnung bei dir"? „Ja", rief Thomas noch etwas verwirrt und stieg aus dem Bett. Als er auf dem Weg ins Badezimmer war, um zu duschen, bemerkte er, dass er an seinem linken Fuß blutete. „Ich muss wohl in die Scherben hineingetreten sein", dachte er.

Nachdem Thomas geduscht hatte, ging er ins Esszimmer, wo seine Mutter schon mit dem Frühstück auf ihn wartete. Er setzte sich und nahm sich eine Scheibe Brot. Seine Mutter schenkte ihm währenddessen heißen Kakao ein. Auf der Tasse war ein Foto des Tambora abgebildet. Thomas hatte sie von Onkel Larry zu seinem zwölften Geburtstag geschenkt bekommen. Nach dem Frühstück brachte seine Mutter Thomas zur Schule.

Thomas ging auf eine Schule im Stadtbezirk Manhattan in die elfte Klasse. Seine Lieblingsfächer waren Erdkunde und Sport und heute sollte Thomas ein Referat in Erdkunde über den Ausbruch des Tambora 1815 halten. „Hi Thomas", rief plötzlich eine Stimme. Es war sein Freund Steve. Steve war ein großer, stabiler und leicht pummeliger 17-jähriger Junge. Er hatte kurze blonde Haare, grüne Augen und auf seiner rechten Wange hatte Steve eine kleine Narbe. „Und? Hast du dein Referat für heute vorbereitet?"

Thomas nickte. Steve konnte mit Vulkanen nicht so viel anfangen wie Thomas. Er interessierte sich mehr für Fußball und Videospiele. Doch Thomas und Steve kannten sich schon seit der Grundschule und waren auch seitdem beste Freunde.

Als Thomas und Steve ins Klassenzimmer kamen, erwartete ihr Lehrer Mr. Brooks sie bereits. Mr. Brooks war ein älterer Lehrer kurz vor dem Ruhestand. Er hatte graue, gepflegt aussehende Haare und eine Brille, die ihm schief auf der Nase saß. Mr. Brooks trug immer einen Anzug mit Krawatte und schwarze, blank polierte Stiefel.

„Gibt es einen Grund für ihr Zuspätkommen?", fragte der Mr. Brooks die beiden Jungs und sah sie mit erwartungsvollen Augen an. „Nein, es tut uns leid, Sir", sagten Thomas und Steve und schauten betreten auf den Boden. „Nun", sagte Mr. Brooks. „Hast du dein Referat für heute vorbereitet, Thomas?" „Ja", sagte Thomas und ging an den Computer, um seine Powerpoint-Präsentation zu öffnen.

„Vor 200 Jahren brach auf einer indonesischen Insel der Vulkan Tambora aus", begann er. „Damals wurden durch die Folgen des Ausbruchs ca. 200.000 Menschen getötet. Die Aschewolke bedeckte ein Gebiet von 1300 Kilometern und verdunkelte zwei Tage lang den Himmel in einem Radius von 600 Kilometern. Bei dem Ausbruch wurde die Spitze des Berges weggesprengt..." Thomas erzählte noch viele weitere spannende Fakten über seinen Lieblingsvulkan und als er am Ende seiner Präsentation angelangt war, fragte ihn ein Mitschüler: „Wann bricht der Vulkan erneut aus"? „Man schätzt, dass der Vulkan etwa alle 500 Jahre ausbricht. So genau kann man das aber nicht vorhersagen", antwortete Thomas.

Als die Stunde zu Ende war und sie gerade auf dem Weg nach draußen auf den Pausenhof waren, boxte Steve plötzlich Thomas kräftig gegen die Schulter. „Was ist", fragte Thomas und rieb sich kurz die Schulter. „Guck mal! Da ist Lisa", sagte Steve und deutete mit einem Kopfnicken in Richtung der Schließfächer. Lisa war das schönste Mädchen der ganzen Schule und hatte blonde, lange Haare und blaue Augen. Für Thomas war Lisa die große Liebe und er war schon lange heimlich in sie verknallt. Lisa hatte gerade ihr Schließfach geöffnet und hielt einen Stapel Bücher in ihrer Hand. „Na los", sagte Steve zu Thomas. „Sprich sie an". Thomas wurde ganz rot im Gesicht und seine Hände waren nass und kalt vor

Aufregung. „Was, wenn sie nicht auf mich steht", sagte Thomas zu Steve. „Das glaube ich nicht", antwortete sein bester Freund ihm zuversichtlich. Plötzlich sah Thomas, wie die Bücher Lisa aus der Hand rutschten, weil sie nicht aufgepasst hatte und auf den Boden fielen. „Komm", sagte Steve. „Das ist deine Chance, um sie anzusprechen." Nach kurzem Zögern ging Thomas mit vor Aufregung weichen Knien zu Lisa hinüber. Je näher er ihr kam, desto aufgeregter wurde er. Als er sie erreichte, war Lisa bereits damit beschäftigt, ihre Bücher wieder aufzuheben. „Kann ich dir helfen?", fragte Thomas sie mit leicht zitternder Stimme. „Ja", sagte sie. „Das wäre sehr nett von dir." Während er ihr half, die Bücher aufzuheben, kam auf einmal Lisas Freundin zu ihr. „Lisa, komm schnell! Meine Mutter wartet schon vor der Schule auf uns", rief sie hastig und achtete dabei gar nicht auf Thomas, der gerade das letzte Buch aufhob. „Danke", sagte Lisa zu Thomas und nahm ihm die Bücher aus der Hand. Bevor Thomas noch etwas antworten konnte, waren Lisa und ihre Freundin schon auf dem Weg in Richtung Ausgang.

„Und? Wie ist es gelaufen", fragte Steve, als Thomas zu seinem Freund zurückkam. „Nicht so toll", sagte Thomas und wirkte dabei etwas enttäuscht. „Als ich gerade dabei war ihre Bücher aufzuheben, ist ihre Freundin gekommen und hat gesagt, dass sie schnell mitkommen soll, da sie abgeholt werden. „Mach dir nichts draus!", sagte Steve und klopfte ihm aufmunternd auf die Schulter. „Beim nächsten Mal hast du bestimmt mehr Glück."

Es war schon nach 18 Uhr, als Thomas Zuhause ankam. Seine Mutter war gerade dabei, das Abendessen zu kochen „Hallo Thomas", sagte sie. „Wie war es in der Schule?" „Ganz in Ordnung", sagte Thomas und legte erschöpft seine Tasche auf den Boden. „Was gibt es denn zum Abendessen?", fragte er neugierig. „Dein Lieblingsessen – Burger mit Pommes", antwortete sie. „Es ist fast fertig!" Thomas setzte sich an den Tisch, während seine Mutter die Pommes aus der Fritteuse holte und sie in eine Schüssel schüttete. Dann brachte sie die Schüssel mit den Pommes auf den Tisch und holte dann noch die Burgerpatties vom Herd. „Möchtest du Ketchup dazu?", fragte seine Mutter mit einem leichten Grinsen. Sie wusste genau, dass ihr Sohn fast zu jeder Mahlzeit aß. „Klar", sagte Thomas „Du kennst mich doch!" Nach dem Essen ging Thomas in sein Zimmer. Er musste die ganze Zeit an Lisa denken und daran, was passiert wäre, wenn Lisas Freundin nicht gekommen wäre. „Hätte ich sie vielleicht nach ihrer Nummer fragen sollen? Oder nach einem Date?", überlegte er. „Wie Lisa darauf wohl reagiert hätte?" Plötzlich wurde Thomas durch das Klingeln des Telefons aus seinen Gedanken gerissen. „Thomas", rief seine Mutter „Onkel Larry ist am Telefon. Er möchte mit dir sprechen." Onkel Larry war seit der Scheidung von Thomas Eltern vor drei Jahren für Thomas so etwas wie ein Vater geworden, da er sich immer danach erkundigte, wie es Thomas und seiner Mutter ging. Wenn er nicht gerade irgendwo in der Welt unterwegs war, um Vulkane zu erforschen, kam er regelmäßig zu Besuch.

„Onkel Larry", sagte Thomas überrascht. „Was gibt's?" „Ich wollte dir sagen, dass ich gerade von einer neuen Expedition zurückkomme und wenn du willst, kann ich dir meine Notizen und Informationen über den Vesuv zeigen", sagte Onkel Larry. „Das ist ja super", sagte Thomas und ließ vor Aufregung fast das Telefon fallen. „Ich hole dich dann am Samstag um 11 Uhr ab, ist das okay?", fragte Onkel Larry. „Ich denke schon", antwortete Thomas. „Dann bis Samstag", sagte Onkel Larry. „Ja bis Samstag", sagte Thomas und legte auf.

KAPITEL II

X TAGE BIS ZUM AUSBRUCH

Es war ein schöner sonniger Samstagmorgen am 26. Juli 2015, als Onkel Larry um kurz vor 11 mit seinem Geländewagen vor Thomas' Haus parkte. Onkel Larry kam immer überpünktlich. Als er klingelte, saß Thomas noch am Frühstückstisch. „Guten Morgen", sagte Onkel Larry, nachdem Thomas Mutter die Türe geöffnet hatte und legte seinen Hut auf die Garderobe. „Guten Morgen", sagte Thomas und trank einen Schluck Kakao. „Können wir gleich los?", fragte Onkel Larry. „Ja, einen Moment noch", sagte Thomas und räumte das Frühstücksgeschirr ab. „Passt auf euch auf", sagte Thomas Mutter, nachdem er sich fertig gemacht hatte und gab ihm zum Abschied noch einen Kuss auf die Wange. „Machen wir", versprachen die Beiden und machten sich auf den Weg.

Es dauerte ungefähr eine halbe Stunde, bis sie bei Onkel Larrys Haus ankamen. Das Haus war schon sehr alt und befand sich in einem Vorort von New York. Die Wände des Hauses waren vollständig mit Pflanzen überwuchert und an den Stellen, an denen keine Pflanzen wuchsen, bröckelte der Putz von den Wänden. Die Fensterscheiben waren von Staub und Schmutz schon ganz braun geworden. Es sah so aus, als wären sie schon seit Jahren nicht mehr geputzt worden. Vor dem Haus erstreckte sich eine alte Veranda aus Holzplatten. Die meisten waren durch die Witterung schon ziemlich morsch und einige waren sogar eingebrochen. Auf der Veranda stand ein alter Schaukelstuhl aus Holz, auf dem Onkel Larrys Hund Fidibus lag. Fidibus, war ein Schäferhund und lebte schon seit über fünf Jahren bei Onkel Larry, nachdem er ihm zugelaufen war.

Onkel Larrys Haus war vollgestopft mit jeder Menge alter Sachen: Von alten Metallstangen über Landkarten bis hin zu modernen vulkanologischen Instrumenten stand und lag alles kreuz und quer im Haus verteilt. Auf einem alten Holzregal lagen erkaltete Lavabrocken, sortiert und nummeriert nach den Jahreszahlen der Fundstücke und den Namen der Vulkane. „Da staunst du was?", schmunzelte Onkel Larry. „Ich habe schon über 50 verschiedene Vulkane auf der ganzen Welt erforscht." Er nahm einen Lavabrocken vom Regal und zeigte ihn Thomas. „Das her ist ein Lavabrocken vom Vulkan Stromboli in Italien aus dem Jahr 1990. Damals durfte ich meinen Vater zu einer seiner Expeditionen begleiten. Ich war damals genauso vulkanverrückt wie du. Das war meine erste Expedition zu einem Vulkan und auch die einzige, die ich gemeinsam mit meinem Vater machen konnte", sagte Onkel Larry und seine Stimme stockte auf einmal. „Was ist los?", fragte Thomas etwas besorgt. „Warum erzählst du nicht weiter?" Da sah Thomas, wie Larry betrübt auf den Lavabrocken in seiner Hand starrte. „Dieser Lavabrocken", fuhr Onkel Larry mit trauriger Stimme fort, „ist das letzte Erinnerungsstück, das ich von meinem Vater habe." „Was ist passiert?", fragte Thomas vorsichtig. „Ein Jahr nach unserer gemeinsamen Expedition flog er nach Italien, um, genau wie ich jetzt, den Vesuv zu untersuchen. Doch während seiner Arbeit auf dem Vulkan gab es eine kurze, aber heftige Erschütterung. Durch die Erschütterung lösten sich die Gesteinsbrocken unter seinen Füßen und er stürzte in den Krater. Erst zwei Tage später konnten Rettungshelfer ihn tot aus dem Krater bergen." Onkel Larry legte den Lavabrocken traurig zurück ins Regal. „Das tut mir leid", sagte Thomas. „Ich wollte nicht, dass du deswegen jetzt traurig bist." „Das ist nicht deine Schuld", sagte Onkel Larry. „Du konntest das ja nicht wissen." „Aber kommen wir jetzt doch zu unserem eigentlichen Vorhaben!" Er holte einen noch unbeschrifteten Lavabrocken von seinem Regal herunter und gab ihn Thomas. „Das ist der Lavabrocken vom Vesuv in diesem Jahr." Er ging zu seinem Arbeitstisch, holte ein Blatt Papier und gab es Thomas. Darauf standen jede Menge Zahlen und Daten in einer Tabelle geordnet, die Thomas nicht verstehen konnte. „Was ist das?", fragte er. „Ich habe einen Vergleich von den Lavabrocken des Vesuvs von damals und heute gemacht", erklärte Onkel Larry. Er deutete mit seinem Finger auf eine Spalte der Tabelle. „Das ist die Aktivitätsrate des Vesuvs 1990 und hier...", er deutete mit dem Finger auf eine andere Spalte, „...die des Vesuvs in diesem Jahr." „Dabei habe ich herausgefunden, dass die Aktivitätsrate in den letzten zehn Jahren stark zugenommen hat." „Was bedeuten diese Zahlen neben den Aktivitätswerten?", fragte Thomas und zeigte mit seinem Finger auf die dritte Spalte der Tabelle. „Das sind die Schwefelwerte in den Lavabrocken. Man kann deutlich sehen, dass die Schwefelwerte im Jahr 1990 niedriger waren als im Jahr 2015." „Wie hast du das herausgefunden?", fragte Thomas erstaunt. „Mit Hilfe hochmoderner Vulkanerforschungsgeräte!" „Und wie funktionieren diese Vulkanerforschungsgeräte?", fragte Thomas neugierig. „Komm, ich zeig's dir", sagte Onkel Larry und ging zu einem Gerät, das ungefähr die Größe eines Basketballs hatte und aussah wie ein Mars- Rover „Was ist das?", fragte Thomas. „Dieses Gerät kann die Schwefelwerte in den Lavabrocken messen. Es ist sehr hilfreich, da es in den Vulkankrater hineinfahren kann. Außerdem ist das Gerät ziemlich stabil und auch sehr hitzebeständig. So kann ich den Vulkan untersuchen, ohne mich dabei in Gefahr zu begeben", erklärte Onkel Larry. „Wofür ist dieses Teil notwendig?", fragte Thomas und deutete mit seinem Finger auf ein längliches Metallteil. „Diese Stützen können die Schwingungen in der Erde messen und so Daten über die Aktivität des Vulkans liefern. Sie dienen gleichzeitig auch als Stützen, damit das Gerät nicht abrutscht", sagte Onkel Larry. Er ging zum Schreibtisch, und holte die zwei Lavabrocken des Vesuvs. Er nahm den Lavabrocken von 1990 und legte ihn vor das Gerät. „Obwohl dieser Lavabrocken schon 25 Jahre alt ist, kann man immer noch seinen Schwefelgehalt messen", sagte Onkel Larry und schaltete das Gerät ein. Dann holte er noch eine Art Steuerungsgerät, wie Thomas es von Drohnen oder Modellflugzeugen kannte aus einer

Schublade am Schreibtisch. „Damit kann ich das Gerät steuern. Es funktioniert genauso wie die Steuerung einer Drohne oder eines ferngesteuerten Spielzeugautos." Er drückte ein Knopf und plötzlich fuhr ein Greifarm aus dem Gerät heraus. Dann drückte Onkel Larry einen weiteren Knopf und eine Flüssigkeit tropfte aus dem Gerät auf den Lavabrocken. Auf einmal konnte Thomas auf der Oberseite des Geräts auf einem kleinen Bildschirm eine Zahl erkennen. „Ist das der Schwefelgehalt des Lavabrockens?", fragte Thomas und deutete mit seinem Finger auf den Bildschirm. „Ja", sagte Onkel Larry. Er ging zum Schreibtisch, um die Tabelle mit den Schwefelwerten zu holen und verglich diese mit den Zahlen auf dem Gerät. „Interessant", sagte er. „Was?", fragte Thomas. Onkel Larry gab ihm das Papier mit den Schwefeldaten. „Die Werte haben sich in den letzten 25 Jahren kaum verändert." Er deutete mit seinem Finger auf den alten Schwefelwert des Lavabrockens und dann auf den Bildschirm des Geräts mit dem aktuellen Wert. Er ging sofort zu seinem Schreibtisch und holte aus einer Schublade sein Notizbuch heraus, in dem er alle Daten eintrug und notierte auch die neuen Schwefelwerte. Dann holte er einen weiteren Lavabrocken von seinem Regal, um bei diesem ebenfalls die Schwefelwerte zu vergleichen. Wieder waren die Schwefelwerte fast identisch und er schrieb sie erneut in sein Notizbuch. Als er fertig war, schlug die Uhr auf Onkel Larrys Schreibtisch 21 Uhr und er sagte zu Thomas „Ich glaube es ist schon spät. Deine Mutter macht sich bestimmt schon Sorgen um dich. Außerdem muss ich noch einige weitere Schwefelwerte vergleichen und dass ist bestimmt ziemlich langweilig für dich."

Es dämmerte schon, als Onkel Larrys Geländewagen vor Thomas Wohnung parkte. „Danke für den spannenden Tag", sagte Thomas und stieg aus. „Gern geschehen", antwortete Onkel Larry. „Ich rufe dich an, sobald ich die Schwefelwerte verglichen habe, ok?" „Super", sagte Thomas. „Bis dann!", sagte Onkel Larry und fuhr los. Thomas winkte seinem Onkel noch nach und ging dann die Treppen hinauf zu seiner Wohnung. Seine Mutter erwartete ihn schon, als sie die Tür öffnete. „Und, wie war's bei Onkel Larry?", fragte sie ihn. „Gut", sagte Thomas. „Er hat mir gezeigt, wie man die Schwefelwerte von Lavabrocken messen kann und wie seine Vulkanerforschungsgeräte funktionieren."

KAPITEL III

IX TAGE BIS ZUM AUSBRUCH

Am nächsten Tag wachte Thomas durch ein lautes Grollen auf. Er war sofort hellwach und aufgeregt. Dann sah er, durch sein Fenster ein Blitz zucken. „Das ist nur ein Gewitter", dachte Thomas und wollte weiterschlafen. Doch dann sah er auf seinen Wecker: Es war schon 10 Uhr vormittags. Also stieg Thomas noch etwas müde aus seinem Bett und ging ins Badezimmer. Als er gerade aus der Dusche kam, klingelte das Telefon. Es war Onkel Larry: „Guten Morgen", begrüßte ihn Onkel Larry, nachdem Thomas abgenommen hatte. „Guten Morgen, Onkel Larry", sagte Thomas „Was gibt's?" „Ich habe dir die Auswertungen der Schwefelwerte per E-Mail geschickt", sagte er. Thomas machte seinen Computer an und öffnete die Mail. „Ich habe deine E-Mail bekommen", sagte Thomas. „Gut", sagte Onkel Larry. „Schau dir mal die Werte von 2015 an und vergleiche sie mit den Werten aus den anderen Jahren." Thomas folgte seinen Anweisungen. „Der Schwefelwert ist jedes Jahr fast identisch", sagte Onkel Larry. „Was bedeutet das?", fragte Thomas. „Das heißt, dass der Schwefelgehalt nur ganz langsam geringer wird", sagte Onkel Larry. „Das heißt, dass bei einem Vulkanausbruch der Schwefelgehalt nur ganz langsam abgebaut wird", sagte Thomas. „Ganz genau das heißt es", sagte Onkel Larry. „Du hör mal, hasst du in den Ferien schon was vor?", wollte Onkel Larry anschließend noch wissen. „Nicht das ich wüsste, warum fragst du?". „Ich muss in den Ferien nach Indonesien fliegen und dort den Tambora untersuchen, hättest du vielleicht Lust mitzugehen?" Thomas ließ vor lauter Freude fast den Hörer fallen. „Klar hätte ich Lust, ich schätze mal, dass meine Mutter auch nichts dagegen hätte." „Super", rief Onkel Larry. „Der Flug geht am 30. Juli um 17:00 Uhr." „Dann sehen wir uns Ja nächste Woche schon wieder", sagte er. „Ja, ich freue mich schon darauf", sagte Thomas. Nachdem er aufgelegt hatte, bemerkte er, dass seine Mutter nicht Zuhause war. Er ging in die Küche, um sich etwas zu essen zu machen. Als er den Kühlschrank öffnen wollte, fiel ihm ein kleiner Zettel an der Kühlschranktür auf. Er war von seiner Mutter.

Bin kurz beim Einkaufen. Das Frühstück steht noch auf dem Tisch.

Gruß

Mama

Nachdem er gefrühstückt hatte, dachte er über die interessanten Schwefelwerte des Tambora nach und über die spannende Reise, die ihm bevorstand.

Kapitel IV

VI Tage bis zum Ausbruch

Der Wecker klingelte am 30. Juli 2015 um 6 Uhr morgens. Thomas lag noch in seinem Bett. Etwas benommen stellte er den Wecker aus und ging ins Badezimmer. Nachdem er geduscht und gefrühstückt hatte, brachte ihn seine Mutter zur Schule. Es war der letzte Schultag vor den Sommerferien. Vor der Schule wartete Steve schon auf ihn. „Endlich! Der letzte Schultag!", freute sich Steve, als er Thomas begrüßte. „Und deine letzte Chance, dich an Lisa ranzumachen", sagte er grinsend. Als sie gerade auf dem Weg ins Klassenzimmer waren, sah Thomas, wie Lisa mit ihrer Freundin erneut vor den Schließfächern stand und sich unterhielt. „Das ist deine Chance", sagte Steve erneut. „Jetzt oder nie", ergänzte er noch. Thomas wurde wieder rot im Gesicht und er musste vor Aufregung so schwitzen, als wäre er einen Marathon gelaufen. Wieder ging er langsam auf Lisa zu. Bevor er etwas sagen konnte, sagte Lisas Freundin ihr etwas ins Ohr und deutete dabei mit einem Nicken des Kopfs in Thomas' Richtung. Er wollte schon umdrehen, als Lisa ihn bemerkte. „Hey, du hast mir doch letztens dabei geholfen, meine Bücher aufzuheben?", sagte sie und lächelte ihn an. „Wie heißt du überhaupt?", fragte sie Thomas anschließend. Thomas war so aufgeregt, dass er kein Wort herausbekam. Dann verabschiedete sich Lisas Freundin von ihr und ging ins Klassenzimmer. Da brachte er endlich ein stotterndes „T-Thomas" heraus. „Ich heiße Lisa", sagte sie und strahlte ihn an. Thomas brachte vor Aufregung nur sinnlose Halbsätze heraus. „Ich weiß", sagte er und sein Gesicht wurde noch mehr rot. „Also, nicht das du jetzt denkst, dass...", er machte eine kurze Pause, „...dass ich dich irgendwie stalke oder so." Nachdem er das gesagt hatte, wäre er am liebsten im Boden versunken. Doch zu seiner Verwunderung fing Lisa an zu lachen. Thomas hörte, wie die Schulglocke klingelte. „Ich muss jetzt in meine Klasse", sagte Lisa. „Ich wünsche dir schöne Sommerferien", rief sie ihm noch zu und ging dann in ihre Klasse. Thomas wollte noch etwas sagen, bekam jedoch erneut kein einziges Wort mehr heraus. „Schnell", sagte Steve, als Thomas zu ihm zurücklief: „Wir kommen sonst schon wieder zu spät zum Unterricht und ich habe keine Lust darauf, wieder Ärger zu bekommen."

Nach der letzten Schulstunde gingen Thomas und Steve gemeinsam aus dem Klassenzimmer. „Endlich Sommerferien", jubelte Steve gutgelaunt. Doch Thomas war mit seinen Gedanken bei Lisa. „Wie ist es eigentlich vorhin mit Lisa gelaufen?", fragte Steve. „Was?", fragte Thomas, der aus seinen Gedanken gerissen wurde. „Wie ist es mit Lisa gelaufen", fragte Steve erneut. „Nicht so gut", sagte Thomas und klang dabei etwas geknickt. „Ich habe kaum ein Wort herausbekommen und als sie mir ihren Namen gesagt hat, habe ich gesagt, dass ich ihn schon weiß." „Wie hat sie reagiert?", fragte Steve neugierig. „Sie hat nur gelacht", sagte Thomas schulterzuckend: „Aber zum Abschied hat sie mir noch einen schönen Sommer gewünscht." Steve klopfte Thomas aufmunternd auf die Schultern. „Kopf hoch", sagte er: „Das ist doch schon ein Anfang!" „Ich habe übrigens noch einmal über die Reise nach Tambora nachgedacht, zu der du mich überreden wolltest. Ich wollte zuerst nicht mitgehen, da ich ja wie du weißt nicht der größte Vulkanfan bin. Aber nach der Internetrecherche habe ich bemerkt, dass Indonesien echt geile Strände hat, weshalb ich mich nun doch dazu entschlossen habe mitzugehen. Meine Eltern sind auch damit einverstanden", sagte Steve um das Thema zu wechseln. „Cool", sagte Thomas und seine Laune besserte sich dank dieser positiven Nachricht sofort.

Zu Hause begann Thomas nach dem Essen sofort damit, seinen Koffer zu packen. Onkel Larry holte ihn um 15 Uhr Zuhause ab. Sein Koffer war ein 60* 25*15 cm großer Reisekoffer. Auf der Vorderseite war ein lavaspuckender Vulkan abgebildet. Thomas hatte 15 T-Shirts, 5 kurze und 3 lange Hosen, ein Dutzend Unterhosen und Socken, Pullis, seinen Wecker, ein Buch, seine Badehose, sein Vulkanlexikon, sein Taschenmesser und etwas Geld eingepackt. Plötzlich klingelte es an der Türe. Es war Onkel Larry. „Und? Hast du alles gepackt?", fragte er. „Ja", sagte Thomas. Nachdem er seine Schuhe angezogen hatte, gab ihm seine Mutter noch einen Abschiedskuss. „Pass gut auf meinen Thommy auf", sagte sie zu Onkel Larry gerichtet. „Keine Angst, das werde ich", sagte er und ging mit Thomas die Treppen hinunter. Thomas Mutter winkte ihnen noch zum Abschied. „Soll ich deinen Koffer nehmen?", fragte Onkel Larry. „Nein danke, das schaffe ich schon." Als sie im Auto saßen, bemerkte Thomas Onkel Larrys' Ausrüstung. „Wie willst du das alles mit ins Flugzeug nehmen?", fragte er. Auf der Ladefläche des Pick-Ups waren jede Menge Forschungsgeräte gestapelt. Darunter auch das Gerät, das den Schwefelgehalt der Lavabrocken messen konnte. „Ach, das geht schon irgendwie", sagte Onkel Larry und lachte. „Wir müssen noch Steve abholen", sagte Thomas. Steve wohnte nur etwa zehn Blocks entfernt in einem Viertel am Times Square. Von Thomas Zuhause bis zu Steves Wohnung brauchte man bei normalem Verkehr etwa eine halbe Stunde. „Dann müssen wir uns aber beeilen", sagte Onkel Larry. „Unser Flug geht in etwa zweieinhalb Stunden". Als sie etwa noch etwa zehn Blocks von Steves Zuhause entfernt waren, gerieten sie in einen Stau. „Und nun die Verkehrsmeldungen. Am Times Square aktuell zwei Kilometer Stau." „Na super!", ärgerte sich Onkel Larry. „Immer wenn man es eilig hat." Es war ein warmer Tag und die Sonne brannte vom Himmel. Die Temperaturanzeige in Onkel Larrys Pick-Up zeigte 35 Grad an und die Klimaanlage lief auf Hochtouren. Thomas wischte sich den Schweiß von der Stirn, während sie nur im Schritttempo vorankamen. Thomas versuchte in der Zwischenzeit mit seinem Handy Steve zu erreichen, da sie später kommen würden. „Mist! Ich habe keinen Empfang", sagte Thomas. „Wir haben nur noch eine Dreiviertelstunde Zeit, dann geht unser Flug nach

Tambora", sagte Onkel Larry genervt und nahm einen Schluck Wasser aus seiner Flasche. Nach einer halben Stunde ging es endlich wieder besser voran und sie kamen um kurz nach 16 Uhr endlich bei Steves Wohnung an. Steve wartete schon vor der Tür. Er trug einen grünen Rucksack und in seiner rechten Hand hatte er einen roten Koffer. Der Koffer war viel größer als Thomas'. Auf dem Kopf trug Steve eine Kappe, um sich vor der Sonne zu schützen. „Da seid ihr ja endlich!", rief Steve erleichtert: „ Wenn ich noch länger gewartet hätte, hätte ich einen Sonnenstich bekommen!" „Ach!", lachte Thomas: „Deshalb die komische Kappe!" Er und Onkel Larry fingen an zu lachen. „Ha ha, sehr witzig", sagte Steve. „Du kennst ja meine Mum", ergänzte er noch etwas genervt. „Das war doch nur ein Scherz", sagte Thomas und grinste ihn an. Nachdem Steve sein Gepäck verstaut hatte, sagte Onkel Larry: „Wenn wir nicht den nächsten Flug nehmen wollen, müssen wir uns jetzt beeilen." Bis zum Flughafen waren es zum Glück nur noch 5 km und so kamen sie eine Viertelstunde später an. „Los, schnell!", trieb Onkel Larry die beiden Jungs an. „Unser Flug geht in dreißig Minuten!" Als sie gerade eincheckten, hörten sie eine Durchsage: *„Flug FH73 nach Tambora verspätet sich aufgrund schlechten Wetters um fünf Stunden. Vielen Dank für ihre Aufmerksamkeit!"* „Das fängt ja gut an", sagte Onkel Larry genervt und setzte sich auf eine Wartebank. „Na ja...", sagte Thomas „...lieber zu spät, als gestrichen." „Wir schauen uns ein bisschen um, ist das okay?", fragte Thomas Onkel Larry. „Klar, solange ihr keine Dummheiten macht", sagte Onkel Larry. Thomas und Steve gingen los und erkundeten gemeinsam das große Flughafengelände. Durch eine große Glasfront konnte man auf die Rollbahn hinabschauen, wo gerade eine Boeing 777 startete. Der Lärm der Turbinen war bis in das Flughafengebäude zu hören. Gegenüber von der Rollbahn stand der Tower, von wo aus die Flüge genehmigt und koordiniert wurden. „Komm, wir gehen weiter", sagte Steve zu Thomas und ging auf eine große Hinweistafel zu. Auf der Tafel waren alle Bereiche des Flughafens abgebildet, von Sitzmöglichkeiten über die Gepäckabgabe, bis hin zu Geschäften und Restaurants. Außerdem gab es einen Zeitschriftenladen, eine Bank, ein Paar Mode- und Schuhgeschäfte und eine Bar. „Guck mal", sagte Steve: „Im zweiten Stock gibt es einen MC Donalds. Ich habe total Hunger!" Sie fuhren mit der Rolltreppe nach oben. Als sie bestellten bemerkte Thomas, dass er kein Geld mitgenommen hatte. „Mist", fluchte Thomas. „ich habe meinen Geldbeutel unten bei Onkel Larry vergessen." „Macht nichts", sagte Steve, ich leihe dir was." „Danke", sagte Thomas. „Sobald wir wieder unten sind, gebe ich dir das Geld zurück, versprochen." Nachdem sie gegessen hatten, fuhren sie wieder nach unten. „Unser Flug geht erst in drei Stunden", sagte Onkel Larry, als sie bei ihm ankamen. „Und was habt ihr gemacht?", fragte er Steve und Thomas. „Wir waren bei McDonalds", erzählten die beiden Jungs. „Was gibt es sonst noch so?", fragte Onkel Larry: „Ich sterbe vor Langeweile!" „Es gibt noch einen Zeitschriftenladen, ein paar Mode- und Schuhgeschäfte

und eine Bar", berichteten sie. „Eine Bar hört sich gut an",
sagte er und stand auf. Sie nahmen ihr Gepäck und gingen
zusammen mit Onkel Larry ins zweite Geschoss in die Bar.
Die Bar war recht überschaubar und war mit Palmblättern
und einem Bild eines Tukans dekoriert. Über der Bar stand
in dicken Buchstaben „Tropenbar". Hinter dem Tresen war
ein Barkeeper gerade damit beschäftigt, einen Cocktail zu
mixen. Onkel Larry stellte sein Gepäck neben sich auf den
Boden und setzte sich auf einen Barhocker vor dem
Tresen. Thomas und Steve setzten sich ebenfalls an die
Bar und stellten ihr Gepäck auf den Boden. Thomas holte
seinen Geldbeutel aus seinem Koffer und gab Steve das
Geld für das Essen zurück. „Was wollt ihr trinken?", fragte
Onkel Larry: „Ich lade euch ein." Thomas bestellte sich
einen Caipirinha ohne Alkohol und Steve einen
alkoholfreien Piña Colada. „Einmal Sex on the Beach
bitte", bestellte Onkel Larry. Nachdem sie ausgetrunken
und bezahlt hatten, hatten sie immer noch noch eine
Stunde bis zum Abflug. Thomas und Steve kauften sich
eine Zeitschrift und Onkel Larry ein Buch. Als sie noch eine
halbe Stunde Zeit hatten, gaben sie ihr Gepäck ab, gingen
durch die Sicherheitsschleuse und stiegen in das Flugzeug.

KAPITEL V

Das Flugzeug war sehr groß. Das Flugzeug hatte rund 200 Sitzplätze und vor dem Eingang zu den Sitzkabinen standen zwei Stewardessen, die die Passagiere freundlich begrüßten. An den Sitzen waren jeweils ein Getränkebecher, ein kleiner Fernseher mit Kopfhörern und ein ausklappbarer Tisch installiert. Über den Sitzen gab es eine Klimaanlage und ein Fach, in dem die Atemmasken waren. „In welcher Reihe sitzt du?", fragte Steve. „D23", sagte Thomas. „und du?" „D24, genau neben dir", antwortete Steve. Onkel Larry saß ebenfalls in der gleichen Reihe neben den beiden Jungs. „Bist du schon mal geflogen?", fragte Onkel Larry Steve, nachdem sie sich gesetzt hatten: „Nein", sagte er „ Ich fliege heute zum ersten Mal." Plötzlich ertönte eine Lautsprecherstimme: *„Sehr geehrte Fluggäste, ich begrüße sie ganz herzlich an Bord des Flugs FH73. Die Flugdauer nach Tambora beträgt etwa zwölf Stunden. Während des Flugs ist das Rauchen strengstens verboten. Die Stewardessen kümmern sich mit Speisen und Getränken um Ihr wohl. Das Team wünscht ihnen eine angenehme Reise."* Die gleiche Durchsage erfolgte im Anschluss noch auf Deutsch, Niederländisch, Französisch und Chinesisch. Als alle Passagiere eingestiegen waren, wurde die Türe geschlossen. Wieder ertönte eine Durchsage: *„Sehr geehrte Damen und Herren, in Kürze starten wir nach Tambora. Wir bitten sie nun, sich zu Ihrer eigenen Sicherheit anzuschnallen. Vielen Dank für ihr*

Verständnis." Wieder erfolgte die Durchsage in allen Sprachen. Plötzlich starteten die Turbinen des Flugzeuges und Thomas sah, wie es auf die Rollbahn hinausfuhr. Dann wurde er durch den Start in seinen Sitz gedrückt. Als sie dann schließlich abhoben, bemerkte er, dass Steve auf einmal ganz still geworden war und am ganzen Körper schwitzte. „Alles okay?", fragte er ihn. „Ja, alles okay", sagte Steve etwas ängstlich. Thomas sah, wie Steves Hände die Lehnen des Sitzes fest umklammerten. „Ich wusste gar nicht, dass du Flugangst hast", sagte Thomas zu ihm. „Hab ich auch nicht", protestierte er. Doch so sehr Steve auch versuchte, seine Angst zu überspielen, seine vor Angst ganz nassen Hände und seine weit aufgerissenen Augen verrieten ihn. Thomas sah aus dem kleinen Fenster hinaus. Sie waren bereits so hoch gestiegen, dass Thomas den Flughafen fast nicht mehr erkennen konnte. Das Wetter war gut. Es gab nur wenige Wolken, sodass man einen guten Ausblick hatte. Er nahm sein Handy aus der Hosentasche und machte ein paar Bilder. Sie flogen über Seen, Gebirge und Wüsten hinweg und dann eine ganze Weile über den Pazifik. Als es dunkel wurde, brachten die Stewardessen Decken für die Passagiere. Thomas sah zu Steve und Onkel Larry hinüber. Steve hatte die Kopfhörer auf und sah sich einen Film auf seinem kleinen Fernseher an. Seine Flugangst schien verflogen zu sein. Onkel Larry las in einem Buch mit dem Titel „Mount St. Helens" und das Flugzeug flog ruhig dahin. Thomas sah die blinkenden Lichter an den Tragflächen des Flugzeuges und hörte die Turbinen surren. Es war sein erster Flug seit der Scheidung seiner Eltern. Thomas dachte an den gemeinsamen Flug nach Afrika zurück, wo sie auf dem kleinen, mit Steppengras überwucherten Flughafen etwa 500 Kilometer südlich von Johannesburg gelandet waren und von weitem schon auf das blaue Meer sehen konnten. Es war ein schöner Urlaub gewesen, dachte Thomas wehmütig. Das war jetzt schon fünf Jahre her.

Etwas später brachten die Stewardessen das Abendessen. Es sah nicht besonders lecker aus, was man von Flugzeugessen wohl auch nicht erwarten konnte. In einem kleinen Plastikteller befand sich eine Art Gulaschsuppe. Zu trinken gab es stilles Wasser aus einer Plastikflasche. Das Besteck war ebenfalls aus Plastik. Als Nachtisch wurde eine Art Apfelmousse in einem Joghurtbecher serviert. Thomas nahm einen Löffel voll Gulaschsuppe, doch die Suppe war viel zu fade, sodass er sofort das Gesicht verzog. Außerdem war die Suppe schon fast kalt. Thomas beschloss, einfach das Apfelmousse zu essen. „Möchte jemand meine Suppe haben?", fragte Thomas Onkel Larry und Steve. „Nein danke", sagte Steve etwas angeekelt und stocherte in seiner Suppe herum. „Ich bekomme auch keinen Bissen herunter. Da ist das Essen in der Schulkantine ja noch besser", fügte er hinzu und lachte. Auch Thomas musste lachen. „Seid doch nicht so wählerisch", sagte Onkel Larry zu Thomas und Steve. „Besser als gar nichts!" Thomas sah zu Onkel Larry hinüber, der gerade dabei war seine Suppe zu essen.

„Wenn du das Essen gut findest, kannst du meine Portion auch noch haben", sagte Thomas zu ihm und schob ihm seinen Teller hin. „Meine können Sie auch haben", sagte Steve zu Onkel Larry und schob ihm auch seinen Teller hin. Onkel Larry nahm die beiden Teller und schüttete die Gulaschsuppe beider Teller in seinen Plastikteller hinein. „Aber es gibt nur das zu essen und ich kaufe euch auch nichts, wenn ihr Hunger bekommt", sagte Onkel Larry. Nach dem Abendessen hörte Thomas noch etwas Musik und schlief dann irgendwann ein.

Thomas wurde durch einen lauten Knall unsanft geweckt. Er war sofort hellwach. Draußen war es immer noch dunkel. Er schaute auf sein Handy. Es war drei Uhr nachts. Er sah aus dem Fenster. Blitze zuckten durch den schwarzen Himmel und erhellten die Nacht für ein paar Millisekunden. Er drehte sich zu Steve und Onkel Larry um, die ebenfalls wachgeworden waren. Plötzlich gab es einen gewaltigen Knall, als ob eine Bombe explodiert wäre. Einige Passagiere schrien laut auf vor Schreck. Thomas sah, wie Steve sich wieder an seinen Sitz klammerte und Thomas und Onkel Larry ängstlich ansah. Das Flugzeug schaukelte hin und her und vibrierte dabei, wie bei einem Erdbeben. „Wir stürzen ab", schrie Steve voller Panik und klammerte sich immer fester an seine Armstützen. Auch andere Passagiere waren durch den Knall in Panik geraten und wurden nun von den Stewardessen beruhigt. Thomas, wusste aus dem Physikunterricht, dass sie im Flugzeug vor Blitzeinschlägen sicher waren, da das Flugzeug wie ein faradayscher Käfig die Blitze ableitete. Dennoch bestand die Gefahr, dass sie durch die Turbulenzen abstürzten. Thomas wusste, dass die Wahrscheinlichkeit eines Flugzeugabsturzes sehr gering war und dass Fliegen statistisch gesehen sogar sicherer war, also Auto oder Bahn zu fahren. Dennoch wurde ihm mulmig zumute.

Plötzlich leuchtete das Symbol zum Gurtanlegen auf. Dazu kam eine Durchsage des Piloten: „*Verehrte Fluggäste, wir bitten Sie nun, sich hinzusetzen und sich anzuschnallen, da wir aktuell größere Turbulenzen haben. Es gibt jedoch keinen Grund zur Sorge. Vielen Dank für Ihre Aufmerksamkeit!*" Natürlich wusste der Pilot selbst, dass es nicht ganz ungefährlich war, durch ein Unwetter zu fliegen, doch er wollte die Passagiere wohl nicht noch mehr verunsichern. Nachdem der Pilot seine Ansage beendet hatte, wurde das Flugzeug plötzlich nach unten gepresst. Steve schrie wieder und auch andere Passagiere schrien auf. Nach ein paar Sekunden wurde das Flugzeug wieder etwas nach oben gehoben. Thomas fühlte sich wie bei einer Achterbahnfahrt – doch es waren keine Freuden-, sondern Angstschreie, die aus den Mündern der Passagiere kamen und sie fuhren nicht auf einem Gleis, sondern in mehreren tausend Metern Höhe. Das Flugzeug vibrierte wie bei einem Erdbeben. Die Passagiere im Flugzeug mussten sich festhalten, damit sie nicht aus ihren Sitzen gerissen wurden. Onkel Larry hatte längst aufgehört zu lesen und schaute zu Thomas hinüber, der aus dem kleinen Fenster des Flugzeuges starrte: „Hast du Angst?", fragte er ihn und versuchte dabei zu lächeln. Thomas sah in Onkel Larrys Gesicht, dass er selbst Angst hatte und ihn nur beruhigen wollte. „Ja, schon ein bisschen", gab er zu. „Wir müssten genau über dem Pazifik sein", sagte Onkel Larry zu Thomas, um ihn etwas von der Situation abzulenken. Steve sah mit ängstlichen Augen zu ihnen hinüber: „Wie könnt ihr in so einer Situation so gelassen sein?", fragte er panisch. „Wir könnten jeden Moment abstürzen!" Als er das gesagt hatte, machte das Flugzeug erneut einen Satz nach unten, jedoch diesmal noch etwas länger. Steve schrie erschrocken auf. Thomas bemerkte, dass sich die Stewardessen ebenfalls hingesetzt und angeschnallt hatten. Plötzlich öffnete sich ein Fach, in dem die Koffer der Passagiere verstaut worden waren und ein Koffer fiel heraus. Der Koffer verfehlte nur knapp eine Frau, die am Mittelgang saß und schlug dann auf den Boden auf, so dass der Inhalt des Koffers herausgeschleudert wurde. Durch den steilen Sinkflug wurde dieser nach vorne katapultiert und schlug dort gegen die Tür des Cockpits. Sofort begannen alle Passagiere wieder zu schreien. Auch Thomas und Onkel Larry erschraken, als der Koffer aus dem Fach gerissen wurde und gegen die Tür des Cockpits knallte. Dann öffnete sich auf einmal noch ein Fach, das sich über den Köpfen der Passagiere befand und ein weiterer Koffer fiel heraus. Dieses Mal traf der Koffer einen Mann an der linken Schulter. Dieser schrie auf und fasste sich mit seiner Hand an die Schulter. Der Mann hatte großes Glück, dachte sich Thomas, wäre der Koffer etwas weiter rechts heruntergekommen, hätte er seinen Kopf getroffen und er wäre vermutlich bewusstlos geworden oder hätte ernsthafte Kopfverletzungen erlitten. Wieder schrien die Passagiere und gerieten in noch größere Panik. Dann, nach ein paar Sekunden, die sich wie eine Ewigkeit anfühlten, stieg das Flugzeug wieder etwas. Sobald sich das Flugzeug wieder einigermaßen stabilisiert hatte, standen die Stewardessen auf und versuchten die Fächer mit den Koffern zu verriegeln. Thomas sah, wie sich eine Stewardess um den verletzten Mann kümmerte, den der Koffer an der Schulter getroffen hatte. Eine andere versuchte die Passagiere zu beruhigen. Plötzlich gab es wieder einen lauten Knall, als ob etwas explodiert wäre. Alle sahen sich panisch im Flugzeug um, um herauszufinden, woher der Knall kam. Auch Thomas und Onkel Larry sahen sich um. „Da!", schrie Steve und deutete mit vor Schreck weit aufgerissenen Augen zu einer Turbine des Flugzeugs: „Die Turbine brennt!" Thomas und Onkel Larry sahen aus dem kleinen Fenster des Flugzeugs und tatsächlich – die Turbine befand sich am Rand der linken Tragfläche und hatte aufgehört sich zu drehen. Sie brannte fast nicht mehr, rauchte jedoch sehr stark. „Jetzt ist es vorbei", sagte Steve und fiel in Ohnmacht. Die anderen Passagiere sahen nun auch die brennende Turbine auf der linken Tragfläche und gerieten in Panik.

Thomas bemerkte, wie Onkel Larry versuchte, Steve mit seiner Wasserflasche wieder aufzupäppeln. „He, Steve", sagte Onkel Larry zu ihm und schlug ihm leicht mit der Hand auf die Backe. Thomas bemerkte, wie Steve langsam wieder zu sich kam. „Alles okay mit dir?", fragten Thomas und Onkel Larry, nachdem er wieder zu sich gekommen war. „Ja", sagte Steve „Es geht schon wieder!" „Was glaubst du, hat den Brand der Turbine verursacht?", fragte Thomas Onkel Larry. „Vermutlich ist ein Blitz in die Turbine eingeschlagen", sagte er „und hat dadurch einen Kurzschluss verursacht, der dazu geführt hat, dass sich die Turbine nicht mehr drehen konnte. Durch den Kurzschluss wurde die Turbine in Brand gesetzt." Plötzlich kam eine Durchsage des Piloten: *„Es gibt keinen Grund zur Sorge! Solange wir noch zwei Turbinen besitzen, können wir weiterfliegen. Wir bitten Sie deshalb, Ruhe zu bewahren. Wir haben alles unter Kontrolle."* Nachdem er dies gesagt hatte, bemerkte Thomas, wie sich die Passagiere zum ersten Mal nach einer halben Stunde wieder etwas beruhigten. Auch Steve beruhigte sich allmählich wieder und sagte: „Falls ich das überlebe, werde ich nie mehr in meinem ganzen Leben in ein Flugzeug steigen." Thomas und Onkel Larry fingen daraufhin an zu lachen. Doch plötzlich gab es eine weitere heftige Vibration, sodass es die Passagiere in ihren Sitzen hin und her schleuderte. Die Stewardessen, die zuvor damit beschäftigt waren, die Kofferfächer zu sichern, gingen schnell wieder zu ihren Sitzen und schnallten sich an. Das Flugzeug wackelte hin und her und die Passagiere wurden, wie Würfel in einem

Becher, durchgeschüttelt. Thomas sah aus dem kleinen Fenster an seinem Platz. Es blitzte immer noch und er hatte Angst, dass ein weiterer Blitz in eine Turbine einschlagen könnte und dann noch eine Turbine außer Betrieb setzen würde. Die Passagiere, die für eine kurze Zeit etwas entspannter gewesen waren, schrien plötzlich wieder auf. „Wann hat der Albtraum denn endlich ein Ende?", schrie Steve. Onkel Larry versuchte, ihn zu beruhigen. Plötzlich gab es einen weiteren lauten Knall. Thomas war so erschrocken, dass er für ein paar Sekunden wie gelähmt in seinem Sitz saß. Er hörte wieder die Schreie der Passagiere. Zu seiner Verwunderung war Steve dieses Mal viel entspannter, als Thomas es von ihm erwartet hätte. Er zuckte lediglich kurz zusammen und entspannte sich dann wieder. Thomas erster Gedanke war, dass ein weiterer Blitz eine Turbine zerstört hatte und sie jetzt nur noch zwei funktionierende Turbinen hatten. Sofort schaute Thomas aus seinem Fenster, doch die andere Turbine lief noch ohne Probleme. Plötzlich schrie eine Frau, die auf der anderen Seite nah am Fenster saß: „Die Turbine brennt! Jetzt sind wir schon so gut wie tot", und fiel in Ohnmacht. Dann schaute Thomas aus dem kleinen Fenster, das sich fast genau gegenüber von ihm befand. Thomas konnte nicht viel erkennen, da es draußen noch dunkel war. Er konnte jedoch Funken sehen, die aus der Turbine sprühten. Er vermutete, dass die Turbine bereits aufgehört hatte, sich zu drehen. Thomas merkte, wie sie ganz langsam an Höhe verloren. Dann kam auf einmal eine Durchsage des Piloten. *„Sehr* *geehrte Fluggäste, wir werden nun aufgrund von Triebwerksausfällen versuchen, auf einer Insel zu landen. Wir bitten Sie also, Ruhe zu bewahre. Wir haben nach wie vor alles unter Kontrolle und werden die gewünschte Landestelle in etwa zehn Minuten erreichen. Vielen Dank für Ihre Aufmerksamkeit."* Natürlich war es riskant, auf einer Insel notzulanden, da man nie genau wusste, ob zum Beispiel die Landebahn des kleinen Flughafens dort für ein so großes Flugzeug ausreichend war. Thomas beobachtete, wie die Stewardessen für die Passagiere Schwimmwesten hervorholten, für den Fall, dass sie es nicht bis zu der Insel schaffen würden.

Plötzlich sackte das Flugzeug stark nach unten. Thomas sah zu Onkel Larry und Steve hinüber. Sie sahen sich gegenseitig an und dachten vermutlich alle das Gleiche: Ein weiteres Triebwerk musste ausgefallen sein. Draußen begann es bereits zu Dämmern, sodass man besser auf die Tragflächen des Flugzeuges sehen konnte – und tatsächlich: Das zweite Triebwerk auf Thomas Seite war ausgefallen. Thomas versuchte trotz der Umstände, Ruhe zu bewahren, denn er wusste, dass es sowieso nichts bringen würde, wenn er schreien würde. Thomas sah zu Steve, der bereits aufgegeben hatte zu hoffen, dass sie heil in Indonesien ankommen würden. Andere Passagiere dachten vermutlich genauso wie Steve und warteten vermutlich nur darauf, am Boden zu zerschellen oder in den Pazifik zu stürzen und auf den Meeresgrund zu sinken. Thomas sah aus seinem kleinen Fenster aus, wie der Boden immer näherkam und er befürchtete, dass sie es nicht mehr zu der Insel schaffen würden, bevor sie abstürzten. Plötzlich gab es eine weitere Durchsage des Piloten. Thomas hörte an seiner Stimme, dass er etwas nervös und angespannt war. Im Hintergrund war das Geräusch einer Art Warnlampe zu hören. *„Hier spricht Ihr Kapitän. Wir bitten sie nun, sich auf eine Notlandung vorzubereiten. Die Stewardessen werden sich um ihre Sicherheit kümmern."* Diese Durchsage kam, wie alle anderen Durchsagen, wieder in mehreren Sprachen. Doch die Passagiere im Flugzeug waren alles andere als entspannt. Viele hatten das Warnsignal im Hintergrund gehört und das leichte Zittern in der Stimme des Piloten. Sie fingen sofort wieder an, in Panik zu geraten. Währenddessen versuchten die Stewardessen, die Passagiere zu beruhigen und ihnen mitzuteilen, dass sie die Schwimmwesten anziehen sollten, die sie ihnen reichten. Thomas betrachtete seine Schwimmweste, die er soeben von einer Stewardess bekommen hatte. Sie war knallgelb und auf der oberen linken Seite war eine Pfeife befestigt, um andere auf sich aufmerksam zu machen. Außerdem war die Schwimmweste mit einem kleinen blauen Licht ausgestattet, damit man auch im Dunkeln gesehen wurde. Er nahm seine Schwimmweste und zog sie an. Auch Steve und Onkel Larry waren dabei, ihre Schwimmweste anzuziehen. Inzwischen hatten auch die restlichen Passagiere ihre Schwimmweste angezogen und warteten auf die Notlandung. Draußen hatte es bereits aufgehört zu gewittern und Thomas sah, aus seinem kleinen Fenster, wie die Sonne am Horizont aufging und den Himmel rot färbte. Nun konnte man die Entfernung bis zum Boden besser erkennen. Sie waren zu Thomas' Schrecken nicht mehr so hoch, wie er vermutet hatte. Er schätzte den Abstand zwischen dem Flugzeug und dem Boden auf ungefähr 500 Meter. In der Ferne konnte er am Horizont eine Insel erkennen. Thomas merkte, wie sie immer weiter sanken und er war sich fast schon sicher, dass sie es nicht mehr bis zur Insel schaffen würden und kurz davor ins Meer stürzen und auf den Meeresgrund sinken würden. Er sah, wie dass Meer immer näherkam und machte die Augen zu, um nicht zu sehen, wie sie abstürzten. Auch Steve und Onkel Larry befürchteten, dass sie es nicht mehr bis zur Insel schaffen würden. „Ich will noch nicht sterben", schrie Steve und fing an zu heulen. Onkel Larry versuchte, ihn zu trösten, glaubte jedoch auch nicht daran, dass sie es überleben würden. Auch andere Passagiere weinten und schrien, während das Flugzeug weiter sank und dem Boden immer näherkam. Thomas machte die Augen wieder auf, um zu sehen, wie weit sie noch vom Boden entfernt waren. Dann sah er hinaus um den Abstand bis zur Insel zu sehen. Zu Thomas Erleichterung konnte man die Insel nun komplett erkennen. Sie war größer, als Thomas gedacht hatte. Thomas schloss wieder die Augen und hoffte, dass sie es bis zur Insel schafften, während das Flugzeug weiter konstant nach unten sank. Thomas hörte, wie das letzte Triebwerk langsam versagte und schließlich verstummte. Nun hatten sie keinen Antrieb mehr, der sie bis zur rettenden Insel bringen konnte. Nun sank das Flugzeug schneller nach unten und die Passagiere schrien. Thomas hielt seine Ohren zu, um die Schreie der anderen Passagiere nicht zu hören. Das Flugzeug sank unerbittlich weiter nach unten. Plötzlich spürte Thomas, wie das Flugzeug auf dem Boden aufsetzte. Die Reifen des Fahrwerks quietschten, als sie auf der kleinen Rollbahn des Inselflughafens aufsetzten. Thomas öffnete seine Augen und sah aus dem Fenster. Er konnte es kaum glauben, dass sie es tatsächlich bis zur Insel geschafft hatten. Er sah zu Onkel Larry und Steve hinüber, die vor Erleichterung jubelten. Auch Thomas jubelte vor Erleichterung. Die anderen Passagiere waren froh, heil gelandet zu sein. Sie fielen sich gegenseitig in die Arme und freuten sich, dass sie noch am Leben waren. Nachdem das Flugzeug stand, lösten Thomas und die anderen ihre Sicherheitsgurte und stiegen aus dem Flugzeug aus. Als Thomas ausgestiegen war, bemerkte er, dass die Turbinen immer noch rauchten. Dann sah er sich um. Die Rollbahn, auf der das Flugzeug gelandet war, bestand aus einer ebenen Fläche, die aus Erde und Gras bestand. Am Rande der Rollbahn, befand sich ein kleiner Tower. Erst jetzt bemerkte Thomas, wie viel Glück sie gehabt hatten. Das Flugzeug, stand gerade einmal 20 Meter vor dem Ende der Rollbahn. Wären sie nur wenige Sekunden später gelandet, wären sie ins Meer gestürzt und an den Felsen zerschellt. Die Rollbahn war für das Flugzeug fast zu kurz und eigentlich nicht für große Passagierflugzeuge geeignet.

KAPITEL VI

V TAGE BIS ZUM AUSBRUCH

„Und wie kommen wir jetzt nach Tambora?", fragte Steve auf einmal, noch immer unter Schock. „Eins ist sicher", sagte er ergänzend „Mit einem Flugzeug auf keinen Fall! Da bekommen mich keine zehn Pferde mehr rein." „Wir fahren einfach mit einem Boot", sagte Onkel Larry: „Ich habe nämlich, nach dem was passiert ist, auch keine Lust mehr zu fliegen." Thomas nickte, denn er hatte ebenfalls keine Lust mehr zu fliegen, zumindest, bis sie wieder nach New York gehen mussten. Sie sahen sich nach einem Boot um. „Hier ist jemand mit einem Boot, den wir fragen können, ob er uns nach Tambora fährt", sagte Onkel Larry und deutete mit seinem Finger auf einen Steg, wo ein Boot angelegt hatte. Der Steg war vom Salzwasser schon ziemlich morsch und brüchig geworden und bestand zum Großteil aus Holzbrettern. An der Unterseite des Stegs klebten Meeresalgen und Muscheln. Der Steg gehörte zu einem kleinen Hafen. Es gab insgesamt zwei Stege, an denen mehrere Boote angelegt hatten. Die Boote waren alle schon ziemlich verrostet und mit Meeralgen bewachsen. „Hallo", sagte Onkel Larry zu dem Mann, als sie bei ihm ankamen. „Könnten Sie uns vielleicht nach Tambora bringen?" Der Mann sah die Drei an. Er hatte einen Sonnenhut auf und war schon etwas älter. Seine Haare waren grau und sein Bart war so lang, dass er im warmen Wind wehte. Er trug ein Unterhemd und eine kurze Hose. An den Füßen trug er eine Art Sandalen. Zu

Thomas Verwunderung, sprach der Mann englisch. „Yes",
sagte er „I can take you to Tambora", sagte er „How much
do you want for it?", fragte ihn Onkel Larry „20 Dollars",
antwortete er. „Okay", sagte Onkel Larry und gab ihm das
Geld. Dann nahmen sie ihr Gepäck und stiegen in das
Boot. Das Boot war wie die anderen Boote auf der Insel
schon sehr verrostet und mit Algen bewachsen. Das Boot
hatte die Größe eines Speedboots und besaß zwei 50 PS
Motoren, die auch schon etwas verrostet waren. In der
Mitte des Boots befand sich ein Lenkrad und eine Art
Sonnenseegel. Doch den drei amerikanischen Passagieren
war es egal, wie das Boot aussah, sie wollten lieber in
einem verrosteten Boot fahren, als mit einem Flugzeug
fliegen. Der Mann startete den Motor „How far is it from
here to Tambora?", fragte ihn Onkel Larry : „One hour",
sagte der Mann. Das Wasser sprudelte, als der Mann den
Motor startete. Dann fuhr er los. Das Boot war zwar nicht
besonders schnell, doch auch das war Onkel Larry und den
anderen egal. Inzwischen stand die Sonne schon fast
senkrecht und brannte auf das Boot und das Wasser
hinunter. Es war inzwischen richtig heiß geworden,
obwohl sie auf dem offenen Meer waren und etwa 20
Knoten schnell fuhren. Nach einer guten Stunde kamen sie
endlich im Hafen von Tambora an. In der Ferne konnte
man den Vulkan erkennen, der sich auf der Nachbarinsel
befand. Thomas machte sofort mit seinem Smartphone
ein Bild von dem Vulkan. Als das Boot im Hafen von
Tambora angelegt hatte und sie sich bei dem Mann
bedankt hatten, liefen sie zu einer Bushaltestelle, um mit

dem Bus zu ihrem Hotel zu fahren. „Jetzt weiß ich, warum der Mann einen Hut auf dem Kopf hatte", sagte Steve und wischte sich den Schweiß von der Stirn. Es war heiß und schwül, als der Bus endlich kam. Der Bus war sehr alt und türkis lackiert. Die Felgen des Busses waren silberfarben und reflektierten das Sonnenlicht. Im Bus war es nicht wirklich kühl. Die Sitze des Busses waren ebenfalls sehr alt und bestanden im Gegensatz zu denen, die Thomas aus New York kannte, aus Metall und hatten keine Polsterung. Der Bus war ungefähr halb voll, so dass sie noch einen Sitzplatz bekamen. Der Bus fuhr quer durch die Stadt bis zu ihrem Hotel. Die Häuser auf Tambora bestanden zum Großteil aus Steinhäusern und Wellblechhütten. Als sie beim Hotel angelangt waren, stiegen sie aus. Das Hotel war sehr modern. Vor dem Eingang stand ein Schild mit einer Fünf-Sterne-Bewertung für das Hotel. Der Eingang des Hotels bestand aus zwei goldfarben verzierten Türen. Vor den Türen befanden sich zwei Türsteher, die die Türen bewachten und für die Gäste öffneten. Als sie hineingingen, sahen sie sich erstaunt um. Der Boden des Hotels bestand aus weißem Marmor und in der Mitte des Raumes hing ein riesiger Kronleuchter. „Hallo", sagte Onkel Larry, als sie bei der Rezeption angelangt waren „Wir haben für drei Personen reserviert", sagte er. „Okay", sagte die Dame an der Rezeption „Auf welchen Namen?", fragte sie. „Stone", sagte Onkel Larry. „Gut, wir haben ein Zimmer in der dritten Etage für sie frei", sagte sie und gab Onkel Larry den Schlüssel für das Zimmer. Dann nahmen sie ihr Gepäck und liefen damit zum Aufzug.

Vor dem Aufzug war eine Karte des Hotels abgebildet. Das Hotel hatte insgesamt sechs Etagen mit Zimmern. Zusätzlich gab es noch zwei Etagen auf denen sich ein Schwimmbad, eine Bar mit Bowlingbahnen und Dartscheiben befanden, ein Fitnessraum, eine Turnhalle und einen extra Saunaraum mit fünf verschiedenen Saunen. Im zweiten Untergeschoss gab es noch eine Tiefgarage für Autos und andere Fahrzeuge. Thomas war erstaunt, wie viel das Hotel zu bieten hatte, da der Rest von Tambora eher alt und arm wirkte. Als der Aufzug schließlich da war, gingen sie hinein und drückten auf die dritte Etage. Der Aufzug hatte Platz für insgesamt zwanzig Personen und war sehr geräumig. Als sie in der dritten Etage ankamen, liefen sie aus dem Aufzug und suchten ihr Zimmer mit der Nummer 347. Der Gang, der sich vom Aufzug bis zum anderen Ende des Stockwerks erstreckte, war mit einem roten Teppich ausgelegt. Links und rechts von dem Gang befanden sich die Zimmer. Dabei waren alle Zimmer mit gerader Zimmernummer auf der linken und alle ungeraden Zimmernummern auf der rechten Seite. „Da ist es ja", sagte Onkel Larry und blieb vor einer Türe auf der rechten Seite stehen. Sie wollten gerade eintreten, da hörte Thomas plötzlich, wie jemand seinen Namen rief. Es war eine Stimme, die Thomas sofort erkannte. Es war Lisa! „Thomas! Was machst du denn hier?", fragte Lisa erstaunt, als sie bei Thomas angelangt war. Thomas wurde sofort wieder total rot im Gesicht und stotterte „Ähm..., also, wir wollen, ...ähm, also ich und mein Onkel, also..." Plötzlich kam Steve aus dem Zimmer und sagte: „Wir machen hier eine Forschungsexpedition. Thomas' Onkel ist Vulkanforscher oder so was und deshalb wollen wir den Vulkan erforschen". Lisa sah erstaunt zu Thomas hinüber. „Wow, das ist ja voll interessant. Ich wollte schon immer mal auf einen Vulkan gehen." Steve zwinkerte Thomas zu und ging wieder ins Zimmer. „Warum hat dir dein Freund gerade zugezwinkert?", fragte Lisa etwas irritiert. Thomas, war so aufgeregt, dass er kein Wort herausbrachte. „Ähm, keine Ahnung. Er ist halt ein Quatschkopf!", sagte Thomas und wurde dabei noch röter. Lisa musste daraufhin lachen. „Du bist witzig", sagte sie und lächelte ihn dabei an. „Danke", sagte Thomas. Im gleichen Moment merkte er, was er eigentlich für sinnloses Zeugs redete. „In welchem Zimmer bist du eigentlich? Also nur so aus Neugier, also ich will auf keinen Fall aufdringlich sein oder so." Thomas wäre am liebsten im Erdboden versunken. Lisa musste wieder lachen „Du bist nicht aufdringlich", sagte sie „Ich bin auch im dritten Stock in Zimmer 356", sagte sie und lächelte. Dann vibrierte plötzlich Lisas Handy. „Das ist meine Mum. Sie will, dass ich zum Essen komme. Komm doch später einfach mal bei mir vorbei", sagte sie noch. „Ok, mach ich", sagte Thomas. „Bis dann", sagte Lisa und ging „Ja bis dann", sagte Thomas und ging in sein Zimmer. „Und? Wie ist's gelaufen?", fragte ihn Steve. Thomas strahlte übers ganze Gesicht. „Sie hat mir ihre Zimmernummer gesagt", sagte er und ließ sich aufs Sofa fallen. Thomas sah sich in ihrem Zimmer um. Er war immer noch davon beeindruckt, wie sauber und modern alles war. Das Hotelzimmer war sehr groß. Es gab ein großes Badezimmer mit einer Dusche und einer Badewanne. Gegenüber des Badezimmers gab es eine Küche, die mit einem Ofen und einer Spülmaschine ausgestattet war. Am Ende des Zimmers befand sich ein riesiges Wohnzimmer mit einem großen Flachbildschirm in der Mitte, der auf einem kleinen Tisch stand und eine Glasfront, von der man einen guten Blick auf den Vulkan hatte. Vor dem Fernseher befand sich ein braunes Sofa, dass man zu einem Bett umbauen konnte. Neben dem Wohnzimmer befand sich noch ein Schlafzimmer mit zwei Betten. Hinter der Glasfront befand sich noch ein Balkon, auf dem ein Tisch mit einem großen gelben Sonnenschirm stand. „Wie kannst du das alles überhaupt bezahlen?", fragte Thomas Onkel Larry auf einmal. „Ich hab halt ein bisschen gespart", sagte Onkel Larry und lachte. „Außerdem sind die Preise in Tambora nicht so hoch, da der Tambora sehr aktiv ist und es hier deshalb wenige Touristen gibt." Thomas beschloss, in das Schlafzimmer zu gehen, um seinen Koffer auszupacken. „Auf welchem Bett willst du schlafen?", fragte Steve, als Thomas ins Zimmer kam. „Mir egal", sagte Thomas und machte seinen Koffer auf. „Alter", sagte Steve, als er Thomas' Koffer sah. „Wie viel passt in deinen Koffer eigentlich rein?" „Mehr, als man denkt", sagte Thomas, holte seinen Vulkanwecker aus dem Koffer und stellte ihn auf einen kleinen Nachttisch neben seinem Bett. „Wozu hast du deinen Wecker mitgenommen?", fragte ihn Steve. „Wir sind doch im Urlaub!" „Falls wir mal früh aufstehen müssen oder wenn sonst was ist, man kann ja nie wissen", sagte Thomas. Dann sah er zu Steve, der ebenfalls damit beschäftigt war, seinen Koffer auszupacken. Er hatte eine Zahnbürste, Deo, Shampoo, eine Badehose, ein Buch zum Lesen, eine Sonnenbrille und Kleidung eingepackt. Nachdem sie fertig waren, beschloss Thomas, erst einmal zu duschen. Zum einen, weil er später noch zu Lisa gehen wollte und zum anderen, um sich etwas abzukühlen, denn es war trotz Klimaanlage sehr heiß und es herrschte eine hohe Luftfeuchtigkeit. Als er fertig war, zog er sich an und gab Steve Bescheid, dass er gehen würde. Kurz bevor er aus der Türe trat, kam Steve auf ihn zu und klopfte ihm auf die Schulter: „Viel Glück!", sagte er „Und überleg dir gut, was du sagen willst", fügte er noch hinzu und lachte. „Das werde ich", sagte Thomas etwas genervt, obwohl er wusste, dass Steve Recht hatte. Dieses Mal hatte Thomas Zeit, sich auf das Gespräch mit Lisa vorzubereiten. Das würde er ausnutzen.

KAPITEL VII

Als er auf dem Weg zu Lisas Zimmer war, überlegte
Thomas sich genau, was er sagen wollte und spielte in
seinem Kopf verschiedene Szenarien durch, um besser auf
mögliche Fragen antworten zu können. Thomas lief durch
den Flur und suchte die Zimmernummer 356, die sich auf
der linken Seite befinden musste. Je näher er kam, desto
aufgeregter wurde er. Als er nur noch zwei Zimmer von
der Nummer 356 entfernt war, hielt Thomas für einen
Augenblick inne, um noch einmal alle Fragen, die er ihr
stellen wollte, im Kopf durchzugehen und um sich etwas
zu entspannen. Seine Beine fühlten sich vor Aufregung an
wie Pudding und seine Hände zitterten wie bei einem
Schüttelfrost. Dazu lief ihm vor Aufregung der Schweiß
übers Gesicht. Thomas wischte sich mit der Hand den
Schweiß von der Stirn. Dann lief er weiter. Vor Lisas
Zimmer angekommen, atmete er noch einmal tief durch
und klopfte dann an. „Ich komme gleich", rief Lisas von
drinnen. Dann, nach ein paar Sekunden, öffnete jemand
die Tür. Es war Lisa. „Hi Thomas", sagte sie. „Komm rein!"
Thomas nickte nur und trat in ihr Zimmer. Das Zimmer
unterschied sich kaum von Thomas Zimmer. Es hatte auch
ein Sofa, ein Flachbildfernseher, eine Küche mit Ofen und
einer Spülmaschine, ein Schlafzimmer mit zwei Betten, ein
Badezimmer und eine Glasfront von der man auf das
Meer blicken konnte. Der einzige Unterschied war, dass
das Zimmer keinen Balkon hatte. „Schönes Zimmer", sagte
Thomas, nachdem er eingetreten war. „Danke", sagte Lisa

und lachte. „Möchtest du etwas trinken?", fragte sie ihn. „Nein Danke", sagte Thomas mit etwas zittriger Stimme. „Und seit wann seid ihr schon hier?", fragte er Lisa. „Seit heute Nacht", sagte sie. Meine Mutter hat mich gestern von der Schule abgeholt und dann sind wir direkt zum Flughafen gefahren." Lisa ging zum Sofa und bot Thomas an, sich zu setzen. Thomas setze sich auf das Sofa. „Wir sind erst gestern Abend losgeflogen, da unser Flug Verspätung hatte", erzählte er. Lisa sah ihn mit weit aufgerissenen Augen an. „Das war doch der Flug, der auf dieser Insel notlanden musste, da die Turbinen ausgefallen sind", sagte sie erstaunt. „Ja", antwortete Thomas. „Woher weißt du das?", fragte er sie. Lisa nahm die Fernbedienung, die auf dem Sofa lag, und schaltete den Fernseher ein. „Es kommt schon den ganzen Tag in den Nachrichten", sagte sie. Im Fernsehen war zu sehen, wie ein Reporter vor dem Passagierflugzeug stand, dass immer noch rauchte und einen Piloten interviewte. Nach ein paar Minuten schaltete Lisa den Fernseher wieder aus und sah zu Thomas hinüber. „Willst du über den Flug reden?", fragte sie ihn mit sanfter Stimme. Thomas nickte erleichtert und erzählte die ganze Geschichte des Flugs. Er erzählte, wie er durch den lauten Knall aus dem Schlaf gerissen wurde, von den Turbulenzen, von den schreienden Passagieren, den herabfallenden Koffern und den brennenden Triebwerken. Lisa hörte dabei interessiert und zugleich schockiert zu, bis Thomas schließlich seinen Bericht mit den Triebwerksausfällen und der Landung auf der kleinen Insel abschloss. Als er fertig war, sah sie ihn fassungslos an und konnte das Erzählte gar nicht fassen. Einen Moment lang war es ruhig im Zimmer und Thomas sah, wie sie seine Geschichte verarbeitete und darüber nachdachte. Dann, nach einer Weile, sagte sie: „Ich bin froh, dass dir nichts passiert ist." Thomas wurde ganz verlegen. Doch plötzlich verschwand das fröhliche Lächeln aus ihrem Gesicht und ihr Blick wurde ganz traurig. Aus ihren Augen flossen Tränen, die an ihren Wangen herunterkullerten. Thomas machte sich sofort Vorwürfe und dachte, dass er etwas Falsches zu Lisa gesagt hatte. Doch als ob sie seine Gedanken lesen konnte, sagte Lisa auf einmal zu ihm. „Mein Vater ist vor fünf Jahren bei einem Flugzeugabsturz ums Leben gekommen." Sie wischte sich mit der Hand die Tränen aus dem Gesicht. Thomas sah sie an. Er wollte sie irgendwie trösten, wusste aber nicht wie. „Das tut mir leid", sagte Thomas schließlich. „Ich hätte es dir nicht erzählen sollen. Ich wollte nicht, dass du traurig wirst und dass dich das an deinen Vater erinnert." Lisa sah ihn an. „Ist schon gut", sagte sie „Woher sollst du auch wissen, dass mein Vater bei einem Flugzeugabsturz ums Leben gekommen ist?" Es war im Sommer 2010, als mein Vater gerade nach Paris fliegen wollte, um Geschäftliches zu erledigen. Er war viel unterwegs und deshalb oft nicht zu Hause. Es gab Zeiten, da habe ich ihn nur zwei Tage am Stück gesehen, bevor er wieder irgendwo hinfliegen musste." Sie hörte für einen Moment auf zu sprechen und wischte sich mit dem Finger eine weitere Träne aus den Augen. Dann erzählte sie weiter: „Am Morgen vor seiner Abreise nach Paris, versprach er mir, dass, wenn er aus Paris zurückkomme, er mit mir und meiner Mutter eine Woche in den Urlaub fahren würde. Noch am gleichen Tag hörten wir in den Nachrichten, dass das Flugzeug ins Meer gestürzt war und es keine Überlebenden gab. Ich konnte es zuerst nicht glauben und wollte es auch nicht", sagte sie mit zitteriger Stimme. „Doch spätestens, als uns jemand von der Polizei die Nachricht persönlich überbrachte, verstand ich, dass...", sie hörte für einen Moment lang auf zu sprechen und trocknete sich mit einem Taschentuch ihre Tränen ab. Dann erzählte sie weiter: „...dass er nie wieder nach Hause zurückkommen würde und ich nie wieder sein Gesicht sehen würde." Thomas machte sich während Lisas Erzählung fortwährend Vorwürfe, dass er sie so traurig gestimmt hatte und wollte sie irgendwie trösten, doch er wusste nicht wie. „Ich war damals so traurig und wütend, dass ich tagelang nicht aufhören konnte zu weinen", erzählte sie weiter. „Nach dem Tod meines Vaters zogen wir um, nach New York, um das alles hinter uns zu lassen. Wir haben es in unserer alten Wohnung nicht mehr ausgehalten, da uns alles an ihn erinnerte." Sie holte ein kleines Bild aus ihrer Tasche und zeigte es Thomas. Auf dem Bild war ein Mann mit schwarzen Haaren abgebildet. „Ist das dein Vater?", fragte Thomas und betrachtete das Bild. „Ja", sagte sie. Thomas sah, dass ihr Blick allmählich wieder fröhlicher wurde. „Das war 2008, als wir zusammen im Urlaub in Costa Rica waren." „Damals war ich acht Jahre alt." Sie legte das Bild auf den Couchtisch und sagte: „Na ja, es ist ja auch schon eine Weile her."

„Was ist eigentlich mit deinem Vater?", fragte Lisa auf einmal.

Thomas hatte diese Frage schon erwartet und sagte: „Meine Eltern haben sich vor fünf Jahren getrennt. Seitdem ist mein Onkel so etwas wie ein Vater. Er besucht uns so oft er kann, wenn er nicht gerade auf einer Forschungsreise ist und er hilft uns bei vielen Dingen", erklärte er. „Siehst du deinen Vater manchmal?", fragte ihn Lisa mitfühlend. „Ja", sagte er „aber nur ein paarmal im Jahr." Als er so über seinen Vater nachdachte, wurde er auf einmal etwas traurig und dachte an die Zeit zurück, als sie noch zusammen Urlaub gemacht hatten und eine Familie gewesen waren. „Warum hat er euch verlassen?", fragte Lisa etwas neugierig. „Meine Mutter hatte auf seinem Handy eine Nachricht gelesen, die ihm seine neue Freundin geschrieben hatte. Danach stritten sie sich nur noch. Mein Vater versuchte zu erklären, dass das alles nur ein Missverständnis sei und er sie niemals betrügen würde. Doch dann nahm meine Mutter alle seine Sachen und setzte ihn vor die Tür. Sie verbot mir auch, ihn in seiner neuen Wohnung zu besuchen, da sie es nicht ertragen könne, wenn ich zu dem Mann ginge, der sie betrogen hatte. Seitdem sehe ich ihn, und nur wenn ich Glück habe, nur noch an meinem Geburtstag. Dann kommt er immer mit seiner zehn Jahre jüngeren Freundin, die immer wie eine Klette an ihm klebt und ihm mit ihrer Hand übers Haar streicht. Ich kann sie genauso wenig leiden wie meine Mutter und kann überhaupt nicht verstehen, warum er sie wegen ihr verlassen hat."

Lisa hörte die ganze Zeit über aufmerksam zu und sagte dann: „Was für ein mieser Kerl!" Thomas stimmte ihr zu, während sich Lisa jedoch sofort wieder entschuldigte. „Tut mir Leid dass ich so über deinen Vater geredet habe." „Ist schon gut. Ich meine du hast ja Recht, aber er ist eben immer noch mein Vater."

Plötzlich öffnete jemand die Türe zu Lisas Zimmer. Es war eine Frau, die schwarze Flip-Flops und einen weißen Bademantel trug. In ihrer rechten Hand hielt sie eine Badetasche. „Hallo Schatz", sagte die Frau. „Hallo Mama", begrüßte Lisa sie .„Wie war es in der Sauna?" „Gut", sagte sie und stellte die Badetasche auf dem Tisch ab. Als Lisas Mutter Thomas bemerkte, fragte sie erstaunt. „Wer ist denn dieser junge Mann hier?". „Mama, das ist Thomas. Er geht auf die gleiche Schule wie ich und ist mit seinem Onkel und seinem Freund auch hier im Urlaub." „Hallo", sagte Thomas schüchtern. „Schön, Sie kennen zu lernen." Er reichte ihr die Hand. „Hallo Thomas", antwortete sie freundlich. „Hat meine Tochter, dir schon etwas zu Trinken angeboten?", fragte sie ihn anschließend. „Ja", sagte Lisa „hab ich, er wollte aber nichts." Plötzlich vibrierte Thomas' Handy in seiner Hosentasche. Er nahm es heraus und sah, dass Onkel Larry ihm geschrieben hatte, dass er und Steve essen gehen wollten. „Ich muss jetzt gehen", sagte Thomas zu Lisa „Jetzt schon?", fragte sie ihn etwas enttäuscht. „Ja", sagte er „Wir wollen zusammen zu Abend essen." Lisa sah auf die Uhr, die sich an der Wand neben dem Sofa befand und konnte kaum glauben, wie spät es geworden war. „Es ist ja schon nach sechs", sagte Sie etwas erschrocken. „Wir können uns ja morgen wieder treffen", schlug Thomas vor, als er auf den Gang hinaustrat. „Auf jeden Fall", sagte Lisa. „Außerdem sind wir ja im gleichen Hotel", sagte er und lachte. Lisa lachte daraufhin auch und aus dem Zimmer hörten sie Lisas Mutter, die sich ebenfalls noch von Thomas verabschieden wollte. „Tschüss Thomas", rief sie. „Du kannst kommen, wann immer du willst! Du bist jederzeit willkommen." „Vielen Dank", sagte Thomas und lief anschließend den Flur entlang. Lisa winkte ihm noch hinterher und schloss dann die Tür. Thomas lief freudestrahlend weiter den Gang entlang, bis er an seinem Zimmer ankam und klopfte. Steve öffnete die Zimmertür und wollte sofort wissen, wie es bei Lisa war. Er sah jedoch sofort an Thomas' Gesichtsausdruck, dass es gut gelaufen war. „Du strahlst, als ob du gerade im Lotto gewonnen hättest", lachte Steve. Onkel Larry wollte ebenfalls wissen, wo er gewesen war und warum er sich so freute. Thomas sagte zu ihm: „Ich freu mich nur, dass wir hier sind und ich habe mir schon mal das Hotel angesehen." Onkel Larry sah ihn ungläubig an und ahnte schon, dass an seiner Aussage etwas faul war, da er ohne Steve unterwegs gewesen war und Larry gesehen hatte, wie die zwei Jungs getuschelt hatten. Doch er sagte nichts und ging zum Esstisch. „Setzt euch", sagte er „Das Essen ist fertig!"

Nach dem Essen gingen Thomas und Steve in ihr Zimmer, da Steve nun unbedingt genauer wissen wollte, wie es bei Lisa gewesen war. Sie legten sich in ihre Betten und dann fing Thomas endlich an, ihm alles zu erzählen. Als er fertig war, fragte Steve sofort, ob er sie nach ihrer Nummer gefragt hatte, ob sie ihn wiedersehen wollte und wenn ja, wann.

Thomas warf ihm einen genervten Blick zu und sagte: „Wir wollen uns morgen wieder treffen, ich weiß aber noch nicht wann." „Warum hast du sie nicht nach ihrer Nummer gefragt?", wollte Steve wissen. Doch Thomas gab erst keine Antwort, da er sich innerlich darüber aufregte, dass er nicht nach ihrer Nummer gefragt hatte. Dann sagte er zu Steve. „Ich war so aufgeregt, dass ich es vergessen habe." „Wenn ich Sie morgen wiedersehe", ergänzte er, „frage ich sie nach ihrer Nummer." „Gute Entscheidung", sagte Steve und schaltete das Lämpchen auf seinem Nachttisch aus. Thomas machte ebenfalls das Licht aus, damit er schlafen konnte. Dann lag er mit offenen Augen in seinem Bett und starrte die Decke an. Er musste die ganze Zeit an Lisa denken und daran, was sie wohl gerade machte. Dann, nach einer Weile, schlief auch er ein. Er träumte von Lisa, die zusammen mit ihm in einem Flugzeug saß und Richtung New York flog. Durch die Fenster des Flugzeuges sah man, wie draußen Blitze zuckten. Das Flugzeug wackelte hin und her und man konnte das Vibrieren des Flugzeuges an den Füßen spüren. Die Passagiere schrien und auch Lisa war in Panik, während das Flugzeug mit hoher Geschwindigkeit nach unten raste. Die Koffer der Passagiere flogen aus den Fächern und schlugen auf dem Boden auf. Alle hatten Schwimmwesten an und riefen um Hilfe, während das Flugzeug immer weiter dem Boden entgegen raste.

Thomas schreckte hoch und war plötzlich hellwach. Er sah sich panisch um, beruhigte sich jedoch gleich wieder. Er hörte, wie es draußen donnerte und wie Regen gegen die Scheiben schlug. „Es war nur ein Traum", sagte er zu sich und legte sich wieder hin.

Kapitel VIII

IV Tage bis zum Ausbruch

Am nächsten Morgen hatte Onkel Larry bereits Frühstück gemacht, als Thomas aus dem Schlafzimmer kam. „Guten Morgen", sagte Onkel Larry zu ihm, als er ihn bemerkte. „Gut geschlafen?" Thomas sah ihn etwas müde an und sagte dann „Es ging" und lief weiter zum Badezimmer, wo bereits Steve unter der Dusche stand. Nachdem Thomas fertig war, ging er zum Esstisch um zu Frühstücken. Steve und Onkel Larry erwarteten ihn bereits. „Endlich! Ich habe schon gedacht du kommst heute gar nicht mehr zum Frühstück", sagte Steve und nahm sich ein Brötchen aus der Schale. „Was machen wir heute?", fragte Thomas Onkel Larry. „Ich wollte heute mal auf den Vulkan gehen. Ich habe gehört, dass es auf der Insel einen Vulkanologen gibt, der seine Station auf dem Vulkan hat. Wenn ihr wollt, könnt ihr mich gerne begleiten. „Thomas und Steve nickten ihm zu. „Auf jeden Fall kommen wir mit!", sagte Thomas ganz aufgeregt.

Als sie mit dem Frühstück fertig waren, bereiteten sie die Sachen vor, die sie für den Aufstieg auf den Vulkan benötigten. Als sie gerade gehen wollten, klopfte plötzlich jemand an ihre Zimmertür. Sofort stellte Thomas seinen Rucksack ab und öffnete die Tür. Es war Lisa. „Was machst du denn hier?", fragte Thomas etwas überrascht. „Ich wollte dich überraschen", sagte sie mit einem frechen Lächeln. „Das ist dir gelungen", sagte er zu ihr. Dann sah er, wie Onkel Larry ihn etwas ungeduldig ansah und mit dem Kopf eine Bewegung Richtung Flur machte, die auch Lisa mitbekam. „Komme ich ungelegen?", fragte sie ihn. „Wir wollten gerade los, um den Tambora zu besteigen", sagte Thomas zu ihr. „Wenn du willst, kannst du gerne mitkommen." Dabei sah er in Richtung Onkel Larry, der ihm mit einem Grinsen zunickte. „Klar, ich würde gerne mitkommen. Ich muss nur kurz meine Mutter fragen und komm dann wieder zu euch." „Wir treffen uns an der Rezeption", sagte Thomas, bevor sie zu ihrem Zimmer rannte.

Es war bereits kurz nach halb zwölf, als Lisa endlich bei der Rezeption ankam, wo die anderen schon ungeduldig auf sie warteten. Sie trug eine schwarze Sonnenbrille und einen roten Wanderrucksack auf dem Rücken. „Endlich!", sagte Onkel Larry etwas genervt. „Wir warten schon seit einer Viertelstunde auf dich!" Sie gingen aus dem Hotel und liefen zu einer nahegelegenen Bushaltestelle, von der sie mit dem Bus zum Hafen fahren wollten, um dann von dort mit einem Boot zur Insel zu gelangen. Es war extrem heiß, als sie in der prallen Sonne auf den Bus warteten. Thomas wischte sich mit seiner Hand den Schweiß von der Stirn und sah ständig auf seine Uhr, um zu sehen, wie lange sie noch in dieser unerträglichen Hitze stehen mussten. Nach einer gefühlten Ewigkeit kam schließlich ein Bus, der genauso aussah, wie der, mit dem sie am Tag zuvor zum Hotel gefahren waren. Im Bus war es zu Thomas Enttäuschung kaum kühler als an der

Bushaltestelle und zudem war der Bus viel voller, als am Tag zuvor. Thomas und die anderen hielten sich an den schon etwas älteren Haltegurten fest, die von der Decke des Busses herunterhingen. Es dauerte eine halbe Stunde, bis sie endlich beim Hafen ankamen. Alle waren erleichtert, als sie endlich aus dem Bus aussteigen konnten. Zu Thomas Freude war es am Hafen etwas kühler als im Bus und es wehte ein schwacher Wind, der nach Salzwasser roch. „Das nächste Mal laufen wir zum Hafen", sagte Onkel Larry genervt und ging voran zu einer kleinen Treppe, die hinunter zu den Stegen führte. „Hast du denn überhaupt ein Boot gemietet?", fragte Thomas zu Onkel Larry gerichtet. „Ja", sagte dieser, „gestern Abend", und ging zu einem Boot, wo ein Mann sie bereits erwartete. Er hatte, wie die meisten Menschen auf der Insel, braune Haut und trug einen Strohhut, der ihn vor der Sonne schützte, die unerbittlich auf den Steg brannte. „Sind sie Luang?", fragte Onkel Larry den Mann, als sie bei ihm ankamen „Yes", sagte er. „You are late!" Onkel Larry sah auf seine Armbanduhr, die zehn nach Zwölf anzeigte. „I know", sagte Onkel Larry. „Sorry!" Ihm war es etwas peinlich, dass sie zu spät waren, da er es selbst hasste, wenn jemand zu spät kam. „Get in", sagte der Mann und fuchtelte mit seinen Händen. Die Insel, auf dem der Vulkan Tambora stand, war ungefähr 15 Kilometer entfernt.

Eine Viertelstunde später kamen sie auf der Insel an. Sie hatte keinen richtigen Hafen, weshalb ihr sie ein paar

Meter vom Ufer entfernt aussteigen ließ. Das Wasser war an dieser Stelle nur etwa einen halben Meter hoch ,sodass sie bis zum Ufer durch das angenehm warme Wasser waten konnten. Am Ufer gab es einen kleinen Strand, der jedoch nur etwa 30 Meter lang und zehn Meter breit war. Dahinter begann der Regenwald. „Und jetzt?", fragte Steve als sie am Strand ankamen. „Wir müssen uns eine geeignete Stelle suchen, wo wir besser in den Dschungel hineingehen können", sagte Onkel Larry und ging voraus, um eine passende Stelle zu suchen. Die anderen folgten ihm und suchten ebenfalls nach einem passenden Durchgang. Schließlich gelangten sie ein Stück vom Strand entfernt an einen kleinen Trampelpfad, der in den Wald hineinführte. Er war nicht besonders breit und der Boden war vom Regen ganz matschig und rutschig. Nachdem sie etwa zehn Minuten dem Trampelpfad gefolgt waren, schrie Lisa plötzlich auf. „Was ist los?", fragte Thomas, der durch den Schrei kurz zusammengezuckt war. Lisa deutete auf den matschigen Boden, aus dem ein Schädel herausragte. Onkel Larry und Steve waren ebenfalls auf den Schrei aufmerksam geworden und starrten auf den Boden, wo der Schädel lag. „Das sieht aus wie ein Menschenschädel", sagte Onkel Larry verwundert und zugleich fasziniert. „Da liegt noch einer", sagte Thomas und deutete mit seinem Finger auf einen weiteren Schädel, der nur etwa drei Meter vom anderen entfernt lag. Onkel Larry lief zu Thomas und sah sich den zweiten Schädel an. Dann holte er aus seinem Rucksack eine Tüte und legte den Schädel hinein. „Was machst du?", fragte ihn Thomas etwas irritiert. „Ich nehme ihn mit, um ihn zu untersuchen. Ich möchte wissen, wie lange er schon tot ist und an was er gestorben ist." Als sie weiter gingen, fanden sie noch mehr Knochen auf dem Boden und zum Teil auch ganze Skelette. „Wie unheimlich", sagte Lisa, als sie die ganzen Knochen und Skelette sah. Dann schrie Onkel Larry plötzlich aufgeregt, dass sie herkommen sollten, um sich etwas anzusehen. Er deutete auf ein etwa einen Meter hohen Lehmhaufen. „Das sind die Reste von einem Haus", sagte Onkel Larry erstaunt und deutete mit seinem Finger auf den Lehmhaufen. Thomas und die anderen sahen ihn ungläubig an. „Bist du dir sicher?", fragte ihn Thomas „Ja", sagte Onkel Larry „Vor 200 Jahren, gab es auf der Insel Tambora noch eine kleine Siedlung, in der Menschen wohnten. Als der Vulkan vor 200 Jahren ausbrach, wurde die Siedlung mit den Menschen unter einer meterhohen Ascheschicht begraben. Seitdem lebt keiner mehr auf der Insel, da die Menschen Angst haben, dass der Vulkan wieder ausbrechen könnte. Deshalb bauten sie auch die Stadt Tambora auf der Nachbarinsel, um sicher zu sein." Er nahm einen kleinen Pickel, wie ihn auch Archäologen verwenden, aus seinem Rucksack und schlug damit ein Stück des Hauses ab, um es ebenfalls für spätere Untersuchungen in eine Tüte zu packen.

Der Trampelpfad wurde mit jedem Meter, den sie zurücklegten, dichter und dichter. Es war unerträglich heiß und schwül und der Lärm der Vögel und Brüllaffen ging ihnen allmählich auf die Nerven. Sie blieben stehen, um eine kleine Pause einzulegen und etwas zu trinken. Dann fing es an zu regnen. „So ein Mist", sagte Steve „Ich habe kein Bock mehr." Es regnete in Strömen und der Weg verwandelte sich mehr und mehr in einen Bach. Onkel Larry entschied, zu warten, bis der Regen etwas nachlasse, da es ansonsten fast unmöglich wäre, weiterzugehen. Der Boden war inzwischen so weich geworden, dass man bis zu den Knöcheln im Matsch einsank. Dann, nach einer gefühlten Ewigkeit, ließ der Regen endlich nach und sie konnten weitergehen.

Nach einiger Zeit wurde der Weg auf einmal etwas breiter und der Wald wurde lichter. „Wir sind bald wieder aus dem Wald draußen", sagte Onkel Larry und atmete erleichtert auf. Auch Thomas und die anderen waren erleichtert, endlich aus dem schwülen, heißen und matschigen Wald herauszukommen. Nach einigen hundert Metern hörte der Regenwald auf einmal ganz auf und die Landschaft war nun steiniger und besser begehbar. Die Luft war außerdem angenehmer und nicht mehr so schwül. Die Landschaft war nun voller grauer und schwarzer Steine und Geröll. „Endlich sind wir aus dem Wald draußen", sagte Steve erleichtert und wischte sich den Schweiß von der Stirn. Auch die anderen waren erleichtert, dass sie endlich aus dem heißen, feuchten Regenwald herausgekommen waren. Sie liefen den nun steinigen, jedoch steileren Vulkanhang hinauf, wo es mit jedem zurückgelegten Meter mehr nach etwas Fauligem zu riechen begann. „Was stinkt hier so?", fragte Steve und hielt sich mit seiner Hand die Nase zu. „Das ist der Schwefel des Vulkans", sagte Onkel Larry und deutete auf den Boden, von dem aus der Schwefel wie Rauch emporstieg. „Die Dämpfe sind gesundheitsschädlich und wenn man sie länger einatmet, bekommt man Atembeschwerden und man muss sich übergeben". Er holte drei Atemmasken aus seinem Rucksack und gab sie Lisa, Thomas und Steve. „Hier", sagte er „zieht die Masken an." Danach holte er noch eine weitere Maske heraus und zog sie selbst an. Dann gingen sie weiter. Der Bode, wurde mit jedem Meter, den sie zurücklegten, dunkler und dunkler. Überall lagen Lavabrocken auf dem Boden herum, von denen sich Onkel Larry immer wieder eine Probe abschlug und sie in eine seiner Tüten packte. Thomas nahm einen Lavabrocken vom Boden des Vulkans und betrachtete ihn. Er war komplett schwarz und hatte viele kleine Einkerbungen. Dann nahm er sein Handy aus der Hosentasche und machte ein Bild von dem Lavabrocken, den er anschließend in seinen Rucksack steckte.

Es war bereits kurz vor vier Uhr, als sie endlich bei der Forschungsstation ankamen, von der Onkel Larry gesprochen hatte. Die Station befand sich etwa 50 Meter vom Kraterrand entfernt und sah aus wie eine Hütte. Sie legten ihre Rucksäcke vor der Station ab und liefen bis zum Rand des Kraters, wo sie mit weit aufgerissenen Augen stehenblieben. Der Anblick des etwa fünf Kilometer breiten und 500 Meter tiefen Kraters war so beeindruckend, dass Thomas fast sein Handy in den Krater fallen ließ, mit dem er ein Foto machen hatte machen wollen. Am Boden des Kraters konnte man die Schwefeldämpfe sehen, die emporstiegen. Onkel Larry, der zuvor mit dem Vulkanologen in der Station gesprochen hatte, war inzwischen auch am Rande des Kraters angekommen. „Beeindruckend, oder?", sagte er, als er zu den anderen stieß. Alle drei nickten, da sie bei dem Anblick des Kraters sprachlos waren. „Vor dem Ausbruch im Jahre 1815", sagte er, „war der Vulkan etwa 1000 Meter höher als jetzt und der Krater war nur etwa ein Drittel so groß wie jetzt. Als der Vulkan ausbrach, wurde die obere Hälfte von der Wucht der Explosion einfach weggesprengt und somit entstand dieser riesige Vulkankrater. Thomas und die anderen konnten es kaum glauben, dass der Berg durch die Wucht des Ausbruchs im Jahre 1815 um 1000 Meter kleiner geworden war und die Explosion diesen gigantischen Krater verursacht hatte. Nach ein paar Minuten liefen sie wieder zurück zur Forschungsstation, wo der Vulkanologe bereits auf sie wartete. Er war zu Thomas' Überraschung auch Amerikaner und lebte schon seit zehn Jahren auf Tambora. Sein Name war Justus und er erforschte den Tambora schon seitdem er nach Indonesien ausgewandert war. Als sie die Forschungsstation betraten, waren sie sehr beeindruckt von dem Anblick der vielen Computer und Forschungsgeräte. Manche Geräte kannte Thomas bereits aus Onkel Larrys Forschungslabor. Manche Geräte jedoch, hatte er noch nie im Leben gesehen. „Hallo", sagte

Justus als sie hereinkamen „Willkommen in meinem Reich!" Er lachte. Außer den Forschungsgeräten gab es in der Hütte noch einen Tisch mit Stühlen, auf dem irgendwelche Steine lagen, Lavabrocken des Tambora, vermutete Thomas, einen Kühlschrank, eine Toilette und ein Bett. Onkel Larry stellte seinen Rucksack auf einen Stuhl und holte die Tüten heraus, in denen sich die gesammelten Objekte befanden. Er legte sie auf den verstaubten Tisch. „Ich habe ein paar Sachen bei unserem Aufstieg auf den Vulkan gefunden, die ich gerne mit dir untersuchen möchte", sagte Onkel Larry zu Justus, der bereits mit neugierigen Augen die Tüten von Onkel Larry betrachtet hatte. Dann holte Onkel Larry den Schädel, den Lavabrocken und das Stück des Lehmhauses aus den Tüten heraus und legte sie neben die anderen Sachen auf den Tisch. Justus nahm den Schädel mit prüfendem Blick in die Hand und betrachtete ihn von allen Seiten. Dann ging er zu einem Gerät, dass Thomas bereits aus Onkel Larrys Labor kannte und legte den Schädel darunter. Dann sahen sie, wie das Gerät den Schädel mit einer Art Greifarm festhielt und Justus durch das Bedienen eines Knopfes auf der Fernbedienung eine Flüssigkeit auf den Schädel tropfen ließ. „Der Schwefelgehalt ist nicht sehr hoch, was darauf schließen lässt, dass die Person während des Ausbruchs 1815 gestorben sein muss", sagte Justus als er den Schwefelwert des Schädels abgelesen hatte. Dann nahm er den Lavabrocken, den Onkel Larry weiter unten, außerhalb des Regenwaldes, gefunden hatte und untersuchte diesen ebenfalls auf seinen Schwefelgehalt.

„Dieser Lavabrocken stammt von einem späteren Ausbruch, nach 1815", sagte er „Der Tambora ist, wie zum Beispiel der Stromboli in Italien, sehr aktiv und bricht immer wieder aus, jedoch sind die meisten Ausbrüche nur sehr schwach und nicht bedrohlich für die anderen Inseln", ergänzte er. Onkel Larry holte sein Notizbuch heraus, um die Daten einzutragen. „Wofür benutzt man dieses Gerät?", wollte Thomas wissen und zeigte mit dem Finger auf eine Art Nadel, die an einem Gelenk aus Metall befestigt war, das sich hin und her bewegte. „Das ist ein Gerät, mit dem man Schwingungen in der Erdkruste messen kann und so kann man voraussagen, wann der Vulkan ausbricht. Dort am Computer sieht man dann, wie stark die Schwingungen in der Erdkruste sind." „Also ist das ein Erdbebenmessgerät?", fragte ihn Thomas „Ja, sozusagen", sagte Justus. „Je stärker die Nadel am Gelenk ausschlägt, desto stärker ist das Erdbeben. Thomas sah auf den Computer, der die Stärke der Schwingungen in der Erdkruste maß. Sie lag bei 0,5 und war somit nicht zu spüren und er sah, dass die Nadel auch kaum ausschlug. „Woran erkennt das Gerät, wie stark die Schwingungen in der Erdkruste sind?", wollte Thomas anschließend wissen. „Das Gerät ist über Funk mit einem Gerät verbunden, das in den Krater hineinfahren kann und dort die Schwingungen im Inneren messen kann." „Außerdem", sagte Justus, „verfüge ich noch über eine Wärmebildkamera, die mir ein Wärmebild des Vulkans erstellt. So erkenne ich schnell, wenn sich das Wärmebild verändert und kann frühzeitig die Bevölkerung der

Nachbarinseln warnen." „Aber ist es nicht zu gefährlich, so nah am Kraterrand zu wohnen?", wollte Lisa von Justus wissen. „Es ist natürlich nicht ganz ungefährlich", sagte er, „ich muss aber nahe genug am Vulkan sein, um ihn beobachten zu können und bis jetzt ist mir noch nichts passiert."

Es wurde schon Abend und zum Umkehren war es bereits zu spät und zu dunkel. Also bot Justus ihnen an, dass sie heute Nacht in seiner Hütte schlafen durften. Thomas war sofort total aufgeregt, da er noch nie auf einem Vulkan übernachtet hatte. Lisa hingegen war bei dem Gedanken so nah an einem Vulkankrater zu schlafen, der jederzeit ausbrechen könnte, etwas mulmig zumute und sie dachte an ihre Mutter, die sich bestimmt schon Sorgen machte. Thomas bemerkte sofort, dass es Lisa nicht sehr wohl bei dem Ganzen war und lief zu ihr, um mit ihr zu reden. Lisa versuchte bereits, ihre Mutter mit dem Handy zu erreichen, hatte jedoch keinen Empfang. „Mist", sagte sie. „Ist alles okay?", fragte Thomas besorgt. „Ich kann meine Mutter nicht erreichen", sagte sie und war kurz davor zu weinen. „Mach dir keine Sorgen", sagte er und prüfte mit seinem Handy, ob er eine Verbindung bekam, doch auch sein Handy hatte keinen Empfang. „Uns wird schon nichts passieren!" Lisa wischte sich eine Träne aus dem Gesicht und sah Thomas an. „Danke, dass du versuchst mich zu trösten. Das ist echt süß von dir." Als sie das gesagt hatte, wurde Thomas wieder ganz rot im Gesicht und er wusste nicht genau, was er darauf antworten sollte. Also reichte er ihr einfach ein Taschentuch, welches sie dankend annahm. Danach suchten sie sich auf dem staubigen Boden einen Platz zum Schlafen. Onkel Larry hatte in seinem Rucksack auch Schlafsäcke mitgebracht, jedoch nur für drei Personen. Onkel Larry gab ihnen jeweils einen Schlafsack. „Und was ist mit dir?", fragte Thomas. „Ich schlaf auf dem Boden", sagte er. „Ich habe schon oft genug auf meinen Reisen ohne Schlafsack geschlafen, das macht mir nichts aus." Thomas nickte und musste lachen. Auch Onkel Larry fing an zu lachen. Doch Justus hatte noch einen etwas älteren, aber intakten Schlafsack in seinem Holzschrank, den er Onkel Larry auslieh. So musste Onkel Larry wenigstens nicht direkt auf dem schmutzigen Boden schlafen. Inzwischen war die Sonne schon untergegangen und durch das Fenster konnte man zum Krater sehen, der in der Dunkelheit leuchtete. Thomas legte sich mit seinem Schlafsack auf den staubigen Boden der Hütte. Steve und Lisa legten sich neben ihn auf den Boden und Onkel Larry schlief neben der Tür. Justus legte sich in sein Bett, das sich unter dem Fenster befand und machte das Licht aus. Die Forschungsgeräte in der Hütte erhellten mit ihrem Licht den ganzen Raum so, dass man noch etwas erkennen konnte. Thomas lag mit offenen Augen zwischen Steve und Lisa auf dem Boden. Er konnte nicht schlafen, da der Holzboden hart war und dauernd knarzte. Lisa konnte ebenfalls nicht schlafen und drehte sich in Thomas' Richtung. „Thomas", flüsterte sie. „Bist du noch wach?" Thomas drehte sich zu Lisa um. Steve schlief bereits tief und fest und auch Onkel Larry und Justus schienen zu schlafen. „Ja", sagte er und sie sahen sich beide an. „Weißt du", sagte sie, „ich bin froh, dass wir uns im Hotel getroffen haben und dass ich mit dir auf den Vulkan steigen durfte. Es ist zwar etwas unheimlich aber auch irgendwie abenteuerlich und aufregend." Thomas stimmte ihr zu. „Du bist ein wirklich toller Freund", ergänzte sie nach einer kurzen Pause. Thomas war sprachlos und lag mit offenen Augen da, mit dem Blick zur Decke. Er wurde wieder rot im Gesicht, was man im Dunkeln zum Glück nicht sehen konnte. Nach einer Weile flüsterte er: „Und du bist auch eine wirklich tolle Freundin." Sie lächelten sich an und Thomas wurde auf einmal ganz warm ums Herz. „Schlaf gut", sagte sie dann, als sie sich eine Weile angelächelt hatten. „Du auch", sagte Thomas und schloss die Augen. Er dachte daran, was Lisa gerade zu ihm gesagt hatte und hätte am liebsten einen Freudensprung gemacht, wenn nicht die anderen neben ihm geschlafen hätten. Dann nach einer Weile sah er noch einmal zu Lisa hinüber, die bereits schlief. Dann drehte er sich wieder um und schlief daraufhin endlich ein.

Kapitel IX

III Tage bis zum Ausbruch

Es war kurz nach zwei Uhr nachts, als Thomas plötzlich durch ein Wackeln des Bodens wach wurde. Vom Schlaf noch etwas benommen, sah er sich um. Als er gerade wieder weiterschlafen wollte, da er nichts Außergewöhnliches bemerken konnte, bebte der Boden erneut, dieses Mal etwas stärker. Sofort war er hellwach und sein erster Blick fiel auf den Computer, der die Schwingungen in der Erdkruste maß. Die Skala zeigte einen Wert von 3,0 auf der Richterskala an. Dann sah er im schwachen Licht der Forschungsgeräte, wie die Nadel an dem Schwinkgelenk schon stärker ausschlug, als am Abend zuvor. Dann sah er, dass die Geräte leicht hin und her wackelten und von der Decke feiner Staub herunterrieselte. Dann sah er aus dem kleinen Fenster, wo man den leuchtenden Krater sehen konnte. Aus ihm schoss nun Lava wie Wasser aus einem Geysir. Thomas sah entsetzt und zugleich fasziniert aus dem Fenster und weckte die anderen, die das Beben des Bodens scheinbar nicht bemerkt hatten und ziemlich irritiert waren, als sie Thomas mitten in der Nacht weckte. Doch dann bebte der Boden erneut und auf einmal waren alle hellwach und angespannt. Wieder rieselte Staub von der Decke der Hütte, während die Forschungsgeräte hin und her schwankten. „Was passiert hier?", schrie Lisa voller Panik, während der Boden weiter bebte. Justus versuchte sie zu beruhigen. „Kommt das öfters vor?", fragte ihn Onkel

Larry mit etwas angespannter Stimme. „Ja", sagte Justus, „allerdings nicht so stark wie jetzt." Wieder wackelte der Boden und durch das Fenster konnte man gut die Lavafontänen sehen, die aus dem Krater kamen. „Ich will hier sofort weg", schrie Lisa und fing an zu weinen. Thomas versuchte, sie zu trösten. „Es wird alles gut", sagte er, obwohl er seinen Worten selbst nicht traute. Währenddessen saß Justus vor der Wärmebildkamera und untersuchte die Temperatur im Inneren des Vulkans. Dann sah er auf den Computer mit den Messwerten der Schwingungen in der Erdkruste. Der Wert sprang nun hin und her, blieb jedoch immer zwischen 0 und 3,0. „Keine Sorge", sagte er „solange der Wert in diesem Bereich bleibt, ist alles okay." „Und was ist, wenn der Wert darüber steigt? Bricht der Vulkan dann aus?", fragte Thomas ihn entsetzt. Justus sah etwas nervös und angespannt auf den Computer, da er befürchtete, dass der Wert jeden Moment ansteigen könnte . Lisa weinte immer noch und Thomas versuchte weiter, sie zu trösten. Auf einmal beruhigte sich der Wert auf dem Computer wieder und die kleinen Erdbeben hörten plötzlich wieder auf. Thomas sah aus dem Fenster. Auch die Lavafontänen, die aus dem Krater geschossen waren, hatten aufgehört. Sie warteten noch zehn Minuten angespannt, ob sich der Wert wieder erhöhen würde, doch er stand wieder auf 0,5, wie am Abend zuvor. Justus machte einen erleichterten Seufzer und auch Lisa schien sich wieder zu beruhigen. Erleichtert beschlossen sie, sofort bei

Sonnenaufgang wieder abzusteigen und ins Hotel zurückzugehen.

Die Sonne war gerade erst aufgegangen, als sie sich von Justus verabschiedeten. Onkel Larry bat darum, ihn über jegliche Auffälligkeiten zu informieren, sodass er sofort zu ihm kommen konnte. Sie liefen wieder an den qualmenden, nach Schwefel stinkenden Hängen herunter und durch den feuchten, heißen Regenwald, vorbei an den Schädeln, bis sie wieder an dem kleinen Strand ankamen. Onkel Larry hatte bereits auf dem Weg nach unten ein Boot bestellt, das bereits auf sie wartete. Es war das Gleiche, das sie am Vortag zur Insel gebracht hatte. Die Sonne stand bereits fast senkrecht und die übliche Hitze war wieder deutlich zu spüren. „Ich hoffe", sagte Lisa auf einmal „dass meine Mutter sich keine Sorgen um mich macht." „Mach dir keine Sorgen", sagte Thomas zu ihr, „du kannst ja versuchen, ihr zu schreiben, dass es dir gut geht und dass wir gleich beim Hotel ankommen." Lisa nickte und, doch sie hatte immer noch kein Netz. „Mist", sagte sie. Thomas nahm sein Handy aus seiner Hosentasche. „Du kannst mein Handy benutzen, wenn du möchtest. Ich habe Empfang." „Danke", sagte sie und schickte eine SMS an ihre Mutter. Kurze Zeit später kamen sie mit dem Bus endlich wieder beim Hotel an, wo sie Lisas Mutter schon sehnsüchtig am Eingang erwartete. „Da bist du ja endlich", rief sie erleichtert. „Ich habe schon die ganze Zeit versucht, dich zu erreichen. Wo hast du bloß die ganze Zeit gesteckt?", fragte sie Lisa besorgt. „Wir sind auf den Vulkan gestiegen und haben dann in einer Hütte übernachtet, weil es schon zu Dunkel war, um wieder abzusteigen", sagte sie. „Ich wollte dich die ganze Zeit erreichen, aber ich hatte kein Netz." Sie nahm Lisa in den Arm. „Ich bin nur froh, dass dir nichts passiert ist!" Thomas und die anderen blieben mit etwas Abstand stehen, um die Beiden nicht zu stören und gingen danach hinter ihnen ins Hotel. „Ich bin ehrlich gesagt auch froh, wieder von dem Vulkan runter zu sein", sagte Steve als sie an der Rezeption ankamen. Lisa kam in der Zwischenzeit wieder zu ihnen zurück, um sich von Thomas und den anderen zu verabschieden. „Danke für den spannenden Ausflug", sagte sie zu Thomas. „Kein Ding", sagte dieser und wurde wieder etwas rot im Gesicht. Steve musste daraufhin lachen, da er wusste, dass er jedes Mal rot wurde, wenn Lisa mit ihm sprach. „Lisa", sagte Lisas Mutter ungeduldig. „Komm jetzt!" „Ja gleich", sagte sie und drehte sich wieder zu Thomas um. „Ich muss jetzt leider gehen", murmelte sie etwas enttäuscht. „Aber es hat großen Spaß gemacht!" „Fand ich auch", sagte Thomas und sie lachten beide. „Wir sehen uns dann wieder", sagte sie. „Das Hotel ist ja nicht so groß." „Das stimmt", sagte Thomas und sie lachten wieder. „Also bis morgen", sagte sie und wandte sich von ihm ab. „Bis morgen", rief Thomas ihr hinterher. Als Lisa mit ihrer Mutter bereits verschwunden war, hielt es Steve nicht mehr aus und musste so laut lachen, dass Thomas ihn verärgert ansah. „Du wirst jedes Mal ganz rot, wenn du mit ihr redest. Ist dir das eigentlich schon mal aufgefallen?" Thomas verzog etwas genervt das Gesicht und hoffte, dass er ihn nicht noch darüber ausfragte, ob er nach ihrer Nummer gefragt hatte. Sie liefen zum Fahrstuhl und fuhren in den dritten Stock zu ihrem Zimmer. „Sie ist schon nett, die Kleine", sagte Onkel Larry zu Thomas, als sie beim Zimmer ankamen und zwinkerte ihm zu. „Echt? Findest du?", freute sich Thomas. „Ja", sagte er, „sie ist nett und scheint dich zu mögen." Er klopfte ihm auf die Schulter und sagte: „Ich glaube Steve ist nur eifersüchtig, weil du jetzt eine Freundin hast und er nicht." Thomas grinste ihn etwas an und sagte: „Das glaube ich langsam auch." Sie grinsten sich noch einmal kurz an, als Steve aus dem Zimmer kam und fragte, was sie noch so lange vor der Türe gemacht hatten. „Wir haben nur etwas wegen dem Zwischenfall von gestern Nacht auf dem Vulkan besprochen, was dich sowieso nicht interessiert hätte", sagte Onkel Larry zu ihm, wobei er zu Thomas hinübersah, der eifrig mit dem Kopf nickte. Als Steve in sein Schlafzimmer ging, zwinkerte Onkel Larry ihm noch einmal zu und sie mussten beide lachen.

KAPITEL X

11 TAGE BIS ZUM AUSBRUCH

Am nächsten Tag wurde Thomas durch das Geräusch
eines klingelnden Telefons geweckt. Er sah auf seinen
Wecker. Es war erst acht Uhr und sein Wecker klingelte
auch nicht. Er stand auf um zu sehen, woher das Klingeln
kam. Dann sah er Onkel Larry, wie er, noch im
Schlafanzug, sein klingelndes Handy aus seinem Rucksack
holte und antworte. Es war Justus, der neue Messwerte
des Tambora hatte und sie mit ihm analysieren wollte. Als
Larry ihm versichert hatte, dass er sich gleich auf den Weg
machen würde, bemerkte er Thomas, der das Gespräch
mitgehört hatte. „Thomas", sagte er etwas erstaunt.
„Warum bist du schon wach?" Das Handyklingeln hat mich
geweckt", sagte er zu ihm. „Ich will mitgehen", sagte er
daraufhin. „Wohin willst du mitgehen?", fragte er Thomas
etwas verwirrt. „Na auf den Vulkan! Ich habe das
Gespräch von dir und Justus mitbekommen", sagte er.
„Das geht leider nicht", sagte er. „Das ist derzeit zu
gefährlich. Und außerdem analysieren wir nur die
Messwerte, was für dich bestimmt total langweilig ist."
„Das ist mir egal! Außerdem finde ich alles, was mit
Vulkanen zu tun hat spannend, auch wenn es nur
Messdaten sind. Das weißt du doch!" Onkel Larry dachte
ein paar Sekunden nach, bevor er schließlich nachgab. „Na
gut", sagte er. „Aber zieh dich schnell an, ich habe Justus
versprochen, dass ich gleich losgehen werde."

Schon fünf Minuten später war Thomas umgezogen, sie verließen das Zimmer und hinterließen dem immer noch schlafenden Steve eine Nachricht auf einem Zettel. Es war wieder unangenehm heiß, als sie ins Freie kamen und am Himmel sah man keine einzige Wolke. Sie fuhren, wie am Tag zuvor, mit dem Bus zum Strand hinab, wo erneut eine leichte Seebrise wehte. Sie stiegen die Steintreppen hinab bis zum Steg, wo ihr Bootsmann schon auf sie wartete. Wieder brauchten sie etwa eine viertel Stunde, bis sie bei der Insel ankamen und wieder, hielt er etwa 15 Meter vor dem Ufer an der gleichen Stelle wie tags zuvor an und ließ sie aussteigen. Das Wasser war wie tags zuvor warm aber klar. Sie gingen zu der Stelle, wo sie gestern losgegangen waren und stapften durch den kleinen, matschigen Pfad, der sich durch den dichten Urwald schlängelte. Sie kamen wieder an den Skeletten und Schädeln vorbei, wo sie gestern einen davon mitgenommen hatten und am Lehmhaus, wo man noch genau sehen konnte, wo Onkel Larry am Vortag ein Stück abgeschlagen hatte. Sie gingen weiter, bis sie am Rande des Urwalds ankamen, wo es wieder etwas kälter war und mehr nach Schwefel roch. Thomas fiel auf, dass dieses Mal größere Lavabrocken auf dem Boden lagen, die noch rauchten. Außerdem roch es stärker nach Schwefel als am Tag zuvor. Onkel Larry holte zwei Atemmasken aus dem Rucksack und gab eine davon Thomas. Dann liefen sie weiter, bis sie bei Justus' Forschungsstation ankamen. Thomas fiel auf, dass überall vor und hinter dem Haus Gesteinsbrocken lagen, die zum Teil noch qualmten. Einige hatten sogar die Hauswand eingedrückt. Vor Justus Auto lagen ebenfalls Gesteinsbrocken, einer hatte sogar die Windschutzscheibe getroffen und das Glas war zersplittert. Sie gingen zur Tür und klopften an. Kurze Zeit später öffnete Justus. Als er Thomas sah, war er etwas überrascht. „Hallo Thomas", sagte er, „mit dir hatte ich nicht gerechnet." Er lief zurück zu seinen Geräten, wo Onkel Larry bereits auf die Messwerte starrte. Dann sagte er leise zu ihm, so dass es Thomas nicht hörte. „Du hättest ihn lieber nicht mitbringen sollen, es ist viel zu gefährlich." „Das habe ich ihm auch gesagt, aber er wollte unbedingt mit." Er warf ihm einen etwas besorgten Blick zu und sagte: „Wir können es jetzt sowieso nicht mehr ändern." Er nahm einen Stuhl vom Tisch und gab ihn Thomas. „Hier kannst du dich hinsetzen", sagte er. Dann wandte er sich mit erneut besorgtem Blick zu Onkel Larry um. „Ich habe schlechte Nachrichten", sagte er. Onkel Larry sah ihn mit einer Mischung aus Neugier und Besorgnis an. Justus nahm ein Blatt vom Tisch, auf dem die Messungen der Erdschwingungen zu sehen waren und gab es Onkel Larry. Er deutete auf die unterschiedliche Stärke der Schwingungen in Abhängigkeit der Zeit. „Ich habe mal den Durchschnitt der Stärke und der Zeitabstände der Schwingungen gemessen." Er gab Onkel Larry ein weiteres Blatt, worauf drei Linien zu sehen waren. „Die rote Linie", sagte Justus und deutete auf die erste Linie, „beschreibt die Stärken der Schwingungen in der Erde." „Das waren ja mehrere Beben der Stärke 3,0 und sogar eines mit 3,5", sagte Onkel Larry besorgt, als er die rote Linie betrachtete. Dann deutete Justus auf eine grüne Linie, die sich ganz unten befand. „Das sind die Zeitabstände der einzelnen Schwingungen in einem Intervall von etwa fünf bis zehn Minuten." Onkel Larry betrachtete die grüne Linie, wo die Zeitabstände zwischen den Beben immer weiter abnahmen. Zum Schluss sah er sich noch die schwarze Linie an, die sich zwischen der roten und der grünen Linie befand. „Und das ist der Durchschnittswert der Beben in Abhängigkeit der Zeit." Onkel Larry sah sich die schwarze Linie an. „Das ist unmöglich", sagte er, nachdem er sie intensiv betrachtet hatte. „Alle sieben Minuten ein Beben der Stärke 3,0." Justus nickte und zeigte auf den Computer, auf dem ein Wärmebild des Vulkans abgebildet war. „Das ist ein aktuelles Wärmebild des Vulkans. Und das...", Justus tippte auf ein anderes Wärmebild, dass er vor etwa zehn Stunden gemacht hatte. „...ist ein Wärmebild zum Zeitpunkt der Beben." „Wie lange dauerten die Beben jeweils?", wollte Onkel Larry wissen. „Die Beben traten etwa alle sieben Minuten auf, hielten etwa zehn Sekunden an und es dauerte insgesamt etwa eine Stunde, bis sich der Vulkan wieder beruhigte." Onkel Larry, sah sich die beiden Wärmebilder an, die Justus gemacht hatte und auch Thomas kam zum Computer, um sich die Wärmebilder anzusehen. Auf dem ersten Bild, das Justus vor etwa zehn Stunden gemacht hatte, konnte man gut den roten Bereich sehen, der das Magma des Vulkans zeigte. Ihnen fiel auf, dass sich das Magma zum Zeitpunkt der Beben viel stärker ausgebreitet hatte. Dann zeigte Justus ihnen noch ein Bild, das er am

Vortag gemacht hatte. Dort war viel weniger Magma zu sehen, als bei den anderen beiden Bildern. „Was hat das zu bedeuten?", fragte Thomas nervös. Justus sah zu Onkel Larry, bevor er ihm antwortete. „Laut meinen Messungen und Wärmebildern befürchte ich, dass der Tambora bald wieder ausbrechen könnte. Wann kann ich noch nicht sagen, aber es ist ziemlich wahrscheinlich, dass es in den nächsten Tagen oder Wochen passieren wird." Thomas sah ihn mit vor Schreck und Fassungslosigkeit weit aufgerissenen Augen an. „Was machen wir jetzt?", fragte er geschockt. „Bis jetzt können wir nichts machen, außer den Vulkan weiter zu beobachten." Dann wandte sich Justus zu Onkel Larry um und sagte, es wäre wirklich besser gewesen, wenn er seinen Neffen nicht mitgebracht hätte. Kurze Zeit später beschloss Onkel Larry, zu gehen, damit sie noch vor Sonnenuntergang zum Hotel zurückkommen würden. „Ich halte dich auf dem Laufendem", sagte Justus als sie gingen. „Ist gut", sagte Onkel Larry, „ich komme dann wieder her, wenn es neue Informationen gibt."

Als sie nach etwa drei Stunden endlich wieder beim Boot ankamen, sagte Onkel Larry zu ihm. „Ich glaube es wäre besser, wenn du den anderen nichts von heute erzählst, da sie sonst nur in Panik geraten würden." Thomas nickte verständnisvoll, da ihn die Nachricht selbst geschockt hatte. Als sie schließlich beim Hotel ankamen, stand die Sonne schon tief am Horizont und färbte den Himmel zu einem wunderschönen Sonnenuntergang. Als sie das

Hotel betraten, bemerkte Thomas einen Seitenraum, über ein Schild mit „Tambora" hing. Er lief zu dem Raum hinüber, den er zuvor nicht bemerkt gehabt hatte. Onkel Larry folgte ihm. „Wohin gehst du?", fragte er. „Ich will mir mal den Nebenraum ansehen", sagte er. Der Raum befand sich hinter dem Hotel und war eine Art Museum. Links und rechts des kleinen Museums befanden sich Glaswände, sodass man in das Museum hineinschauen konnte. Im Museum befanden sich mehrere Podeste mit Vitrinen. Thomas lief zu einem der Podeste, indem sich ein Lavabrocken von 1815 befand. Auf dem Sockel der Vitrine befand sich eine kleine Informationstafel. Thomas und Onkel Larry liefen weiter und schauten sich die verschiedenen Vitrinen an. Außer dem Lavabrocken befanden sich noch alte Menschenschädel und Reste von Häusern in den Vitrinen, genau wie die, die sie auch beim Aufstieg des Tambora gesehen hatten. Am Ende des kleinen Museums gab es noch ein kleines Kino, in dem ein Kurzfilm über den Tambora in Dauerschleife lief:

Im Jahr 1815 zerstörte der Vulkan Tambora die gleichnamige Stadt durch einen der verheerendsten Vulkanausbrüche seit Beginn der historischen Aufzeichnungen. Die Stadt wurde unter einer meterhohen Ascheschicht begraben. Beim Ausbruch des Vulkans, wurde das obere Drittel des Berges durch die Wucht der Explosion weggesprengt. Umliegende Inseln wurden überflutet und die Asche bedeckte Gebiete in über 1000 Kilometern Entfernung.

Thomas und Onkel Larry sahen sich die Dokumentation an, die simulierte, wie der Vulkanausbruch in etwa ausgesehen haben musste. Als der Film zu Ende war, beschlossen sie, zum Zimmer zurückzukehren, wo Steve bestimmt schon auf sie wartete. Thomas musste an die Messwerte von Justus denken und daran, dass der Tambora vermutlich bald wieder ausbrechen würde. Als sie an ihr Zimmer anklopften, öffnete Steve die Tür. „Da seid ihr ja endlich", sagte er. „Ihr seid einfach gegangen und habt mich ohne Bescheid zu sagen, alleine im Zimmer gelassen. Ich habe mich den ganzen Tag gelangweilt." „Es tut mir leid", sagte Thomas, „aber heute Morgen hörte ich, wie Onkel Larry mit Justus telefonierte und sich mit ihm verabredete, um mit ihm die Daten auszuwerten. Und da wollte ich unbedingt mitgehen. Außerdem hast du gesagt, dass du sowieso nicht mehr auf den Vulkan gehen willst." „Trotzdem war es blöd, mich einfach alleine zu lassen. Außerdem dachte ich, dass wir gemeinsam Urlaub machen." Steve sah ihn beleidigt an. „Ich habe dir doch schon gesagt, dass es mir leid tut", sagte Thomas. „Also gut", sagte Steve. „Aber wenn das nochmal passiert, dann fliege ich mit dem nächsten Flugzeug wieder nach Hause."

KAPITEL XI

1 TAG BIS ZUM AUSBRUCH

Am nächsten Tag beschloss Thomas zusammen mit Steve
an den Strand zu gehen, statt mit Onkel Larry auf den
Vulkan. „Ich komme heute Abend zurück", versprach
Onkel Larry den beiden Jungs. „Viel Spaß am Strand!"
„Danke", sagte Thomas. „Den werden wir bestimmt
haben." Steve ging zu seinem Koffer und holte
Sonnencreme und eine Taucherbrille mit Schnorchel
heraus, die er mit zum Strand nehmen wollte. Auch
Thomas holte seine Taucherbrille, die er extra
mitgenommen hatte und stopfte sie zusammen mit einem
Handtuch und Sonnencreme in seinen Rucksack. Dann
liefen sie zur Promenade, die an das Hotel angrenzte. Auf
dem Weg dorthin bemerkte Steve ein Plakat, dass an einer
Laterne befestigt war:
Summerparty with music and Seachallenges today. *Start:
17:00 pm – it´s for free and everybody is welcome.*

„Cool", sagte Steve und zeigte auf das Plakat. Thomas sah
auf das Plakat und murmelte nur „Na und?" Steve schaute
ihn an. „Alter, das wird bestimmt voll cool. Außerdem
schuldest du mir noch was wegen gestern." Thomas
nickte, und obwohl er nicht gerne auf Partys ging, hatte er
nun wohl keine andere Wahl. „Also gut", sagte er. „Aber
nur, weil ich dir einen Gefallen schulde. Sie liefen weiter
zum Strand hinunter. Es war erstaunlich wenig los, obwohl
es Nachmittag war und der Himmel wunderbar wolkenlos.

Der Sand war heiß, da die Sonne auf den Boden brannte. „Aua", sagte Steve, als er die ersten Schritte über den heißen Sand machte, der trotz seiner Flip-Flops seine Füße berührte. Sie suchten sich einen geeigneten Platz und setzten sich nahe ans Wasser auf zwei der zahlreichen Liegestühle am Strand. Dann nahmen sie sich noch einen Sonnenschirm, damit sie nicht von der Sonne geblendet wurden. Sie legten ihre Handtücher über die Liegestühle und cremten sich ein. „He Thomas", sagte Steve auf einmal. „Schau mal, wer noch da ist." Er nickte mit dem Kopf und Thomas folgte seinem Kopfnicken und erkannte Lisa, die einen schwarzen Bikini trug und gerade ins Meer watete. Steve stand daraufhin auf und sagte zu Thomas. „Los, gehen wir ins Wasser, mir wird es hier draußen langsam sowieso zu heiß." Thomas ahnte schon, was Steve vorhatte, stand jedoch ebenfalls auf und ging mit ihm zum Wasser. Das Wasser war lauwarm und nicht gerade erfrischend, aber kühler als die Außentemperatur. Das Meer war an dieser Stelle nicht besonders tief, sodass Thomas nur mit den Füßen im Wasser stand. „Komm", sagte Steve, „wir gehen weiter rein, wo es tiefer ist. Sie wateten ins Wasser, bis sie nur noch ihre Köpfe aus dem Wasser ragten. Thomas sah, dass Lisa ganz in ihrer Nähe war. „Los", sagte Steve auf einmal zu ihm. „Frag, ob sie heute Abend mit dir auf die Party gehen möchte." Thomas zögerte. Er hatte sich zwar schon mehrmals mit Lisa getroffen und auch mit ihr geredet, jedoch waren seit ihrer letzten Begegnung zwei Tage vergangen. Thomas wusste, dass Steve absichtlich ins Wasser hatte gehen wollen, damit er mit Lisa über die Party sprechen konnte und er hatte extra weiter ins Wasser gewollt, damit sie näher bei ihr waren. Als er sich noch einmal genau überlegt hatte, was er zu ihr sagen wollte, schwamm Thomas schließlich zu Lisa hinüber. Auf halber Strecke, drehte er sich noch einmal zu Steve um, der ihm noch einmal aufmunternd zunickte. Dann drehte er sich wieder um und schwamm weiter. Lisa war inzwischen wieder Richtung Strand geschwommen und schon fast wieder am Ufer angekommen. Als Thomas sie endlich einholte, kam er sich irgendwie etwas doof vor, weil er die ganze Zeit hinter ihr hergeschwommen war. Als sie gerade aus dem Wasser steigen wollte, bemerkte sie Thomas, der nur etwa drei Meter entfernt von ihr im Wasser stand. „Hi Thomas", sagte sie überrascht. „Was machst du denn hier?" „Ich dachte, ich gehe bei dem Wetter lieber an den Strand als auf den Vulkan", sagte er aufgeregt. Lisa lachte. „Hättest du Lust mit mir heute Abend auf die Beachparty zu gehen?", fragte Thomas. „Klar", sagte sie. „Ich muss nur meine Mutter fragen." „Wir können uns ja bei mir treffen", schlug Thomas vor. „Also nur wenn du willst oder darfst oder…" Er verstummte und wurde wieder rot, was er eigentlich hatte vermeiden wollen und er ärgerte sich darüber. Lisa Lachte wieder. „Okay", sagte sie „Dann treffen wir uns um kurz vor fünf vor deinem Zimmer." Thomas nickte. „Bis später", sagte sie. Lisa stieg aus dem Wasser und lief zu ihrem Platz. Auf halbem Weg drehte sie sich noch kurz um und lächelte ihn an. Thomas lächelte zurück und wurde noch röter im Gesicht. Steve, der inzwischen bei ihm angekommen war, wollte natürlich gleich wissen, was sie gesagt hatte und ob sie am Abend zusammen auf die Party gehen würden. Als er Thomas' Gesicht sah, sagte Thomas schnell: „Wehe du lachst wieder, weil ich rot geworden bin!" Thomas sah, wie Steve dagegen ankämpfte, nicht loszulachen. Stattdessen erzählte Thomas ihm, dass Lisa mit ihm auf die Party gehen würde. Thomas konnte es kaum erwarten, bis es Abend wurde und er mit Lisa auf die Party gehen konnte.

KAPITEL XII

Es war bereits nach Vier, als Thomas eine SMS von Onkel Larry erhielt:

Bleibe heute Nacht auf dem Vulkan um ihn mit Justus weiter beobachten zu können. Wir sehen uns dann Morgen wieder. Gruß Onkel Larry.

„Ich hoffe, ihnen passiert dort auf dem Vulkan nichts", sagte Thomas etwas besorgt zu Steve. „Mach dir darüber keine Sorgen. Konzentriere dich lieber auf die Party." Thomas und Steve waren inzwischen wieder im Hotelzimmer und bereiteten sich auf die Party vor. Thomas dachte noch einmal, wie vor jedem Treffen mit Lisa daran, was er sie fragen wollte und was er auf mögliche Fragen von ihr antworten könnte. Er wollte dieses Mal so cool wie möglich bleiben und nicht wieder rot werden. „Was ist, wenn sie mich fragt, ob ich mit ihr tanzen will?", fragte Thomas plötzlich aufgeregt. Thomas hatte zuvor noch nie getanzt, da er zum einen auf so gut wie nie auf Parties ging und zum anderen schon gar nicht mit einem Mädchen. Außerdem hatte er große Angst, sich zu blamieren. „Bleib mal locker", sagte Steve, „Du hyperventilierst ja gleich vor Aufregung." Steve war im Gegensatz zu Thomas schon auf etlichen Partys gewesen und hatte dort auch mit Mädchen getanzt. „Komm mal mit", sagte er „Ich zeige dir mal ein paar Grundlagen." Thomas sah auf die Uhr, die bereits halb Fünf zeigte. „Das lerne ich in der kurzen Zeit niemals", jammerte Thomas.

„Klar schaffst du das. Die Tanzschritte sind nicht so schwer, das lernst du schnell." Steve stellte sich vor Thomas und machte einen Schritt nach vorne. Dann bat er Thomas, den Tanzschritt nachzumachen. Thomas zögerte einen Moment, bevor er den Tanzschritt nachmachte, was so gut klappte, dass Steve ihm sofort noch einen weiteren Schritt zeigte. „Siehst du", sagte er, „ist doch gar nicht so schwer, wie du dachtest." Thomas nickte und übte noch einmal die Tanzschritte, bis er sie perfekt konnte. „Das müsste fürs Erste reichen", sagte Steve. Thomas sah wieder auf die Uhr, die nun viertel vor Fünf zeigte und Thomas wurde immer nervöser. Dann klopfte es an der Zimmertür. Bevor Thomas öffnete, flüsterte ihm Steve noch ins Ohr: „Denk daran, was ich dir gezeigt habe und bleib locker. Das ist schließlich eine Party!" Thomas nickte. Sein Freund hatte recht. Außerdem kam es bestimmt nicht gut an, wenn er verkrampft und angespannt wirkte. Dann atmete er noch einmal tief durch und öffnete die Tür. „Hi Thomas", sagte Lisa und strahlte ihn an. Sie trug ein rotes Kleid an und hatte sich hübsch geschminkt. Sie trug High-Heels und an ihren Ohren baumelten schöne Ohrringe, die aussahen wie Federn. Thomas war sprachlos. Er fing sich jedoch gleich wieder, als ihn Steve anstupste. „Hi Lisa", stotterte er heraus. „Du siehst toll aus!" „Danke", sagte sie lächelnd. „Du auch." „Können wir los?", fragte sie ihn. „Klar", sagte Thomas und sie machten sich gemeinsam auf den Weg.

Es war erst kurz vor Fünf, als sie auf dem Partygelände hinter dem Hotel ankamen. Thomas staunte, als er die vielen Leute sah, die bereits zur Musik tanzten oder sich Getränke holten, da die Party gerade erst anfing. Sie liefen zur Bar, um sich etwas zu trinken zu holen. Thomas lud Lisa ein, da Steve ihm gesagt hatte, dass das gut ankommen würde. „Das ist aber lieb von dir, dass du mich einlädst", sagte Lisa. Thomas lächelte und sah zu Steve hinüber, der ihm mit dem Daumen nach oben signalisierte, dass er alles richtig machte. Lisa bemerkte, wie er zu Steve schaute und fragte ihn verwundert. „Suchst du jemanden?" „Nein", sagte Thomas, „ich wollte mich nur umsehen." Plötzlich stoppte die Musik und es ertönte eine Lautsprecherdurchsage:

We willl start a surf challenge *in five minutes. Everybody can show his skills!"* Da kam Steve auf sie zu und sagte zu Thomas: „Komm, lass uns mitmachen!" Thomas zögerte. Er wollte sich nicht vor den ganzen Leuten und Lisa blamieren. Doch als Thomas Lisas gespanntes Gesicht sah, das ihm mitteilte, willigte er ein, mitzumachen.

KAPITEL XIII

Außer Steve und Thomas wollten noch viele weitere, hauptsächlich Jungs, ebenfalls bei dem Surfwettbewerb mitmachen. Sie sahen jedoch im Gegensatz zu Thomas wie sehr sportliche Surferjungs aus, die schon viel Erfahrung hatten. Thomas war noch nie in seinem Leben surfen gewesen und schon gar nicht bei einem Surfwettbewerb mit Zuschauern. Nachdem sie kurz eine Einweisung von einem Surflehrer bekommen hatten, erklärte dieser ihnen die Spielregeln. Die Spielregeln waren einfach: Wer als letzter auf dem Surfbrett stand, würde gewinnen. Dabei waren es auch erlaubt, andere vom Surfbrett zu schubsen. Bevor es losging, bekam jeder von ihnen ein Surfbrett und eine Badehose. Thomas und Steve zogen sich in der Strandumkleidekabine um und liefen dann mit ihrem Surfbrett zur Startlinie, von wo aus alle gemeinsam starteten. Nachdem der Surflehrer die Pistole hob und zum Start abdrückte, rannten alle mit ihren Surfbrettern ins Meer, so dass das Wasser hochspritzte. Thomas war mit seinem riesigen Surfbrett, das etwa drei Meter lang war, etwas überfordert, sodass er nur langsam ins Wasser tappte, während Steve und die anderen schon auf ihren Brettern lagen und mit ihren Armen im Wasser paddelten und versuchten sich gegenseitig von den Brettern zu schubsen. Als Thomas endlich im Wasser war und versuchte auf das Surfbrett zu steigen, lag bereits die Hälfte der Teilnehmer im Wasser und war ausgeschieden. Thomas kniete sich auf das

Surfbrett, um das Gleichgewicht besser halten zu können, während die anderen immer noch versuchten sich gegenseitig von den Brettern zu stoßen. Plötzlich kam eine Welle und stieß zwei von ihnen um, so dass sie ins Wasser fielen. Nun waren, außer Thomas, nur noch vier von den anfänglichen 15 Teilnehmern übrig. Die Wellen waren nun größer, da es angefangen hatte zu winden und Thomas hatte Mühe, sich auf dem Brett zu halten. Plötzlich rief der Surflehrer ihm zu, er solle auf das Brett stehen, sonst würde er disqualifiziert. Thomas versuchte vorsichtig, auf dem wackeligen Brett aufzustehen, ohne dabei ins Wasser zu fallen. Er bewegte vorsichtig seine Beine, so dass er nun auf dem Brett hockte. Dann richtete er sich langsam auf und versuchte dabei durch die Gewichtsverlagerung der Beine das Gleichgewicht zu halten. Die anderen Teilnehmer schienen so damit beschäftigt zu sein, die anderen von den Brettern zu werfen, dass sie ihn nicht einmal zu bemerken schienen. Durch die kleinen Wellen war es ziemlich schwer, das Gleichgewicht zu halten, damit man nicht ins Wasser fiel. Dann kam wieder eine größere Welle und riss drei von ihnen von den Surfbrettern. Als sie auftauchten, fluchten sie etwas, das Thomas nicht verstand und schwammen mit ihren Surfbrettern an Land. Nun waren nur noch Steve und Thomas übrig. Steve versuchte, mit seinem Brett in Thomas' Nähe zu kommen, wurde jedoch von einer herannahenden Welle vom Brett geworfen. Thomas, der durch die Welle angetrieben wurde, surfte nun mit dem Brett die Welle entlang, wobei er sich konzentrierte nicht hinunterzufallen. Dabei bemerkte er jedoch nicht, dass er noch der einzige war, der auf dem Surfbrett stand. Plötzlich brach die Welle und riss Thomas das Surfbrett unter den Füßen weg, sodass er mit dem Rücken auf das Wasser klatschte. Die Welle war so stark, dass sie Thomas für ein paar Sekunden unter Wasser drückte. Thomas drückte sich vom Boden ab, als er ihn mit den Füßen spürte und schoss aus dem Wasser. Als er gerade nach Luft schnappen wollte, kam sein Surfbrett und schlug ihm gegen den Kopf, so dass er bewusstlos wieder nach unten sank. Als der Surflehrer das bemerkte, sprang er ins Wasser, um Thomas herauszuholen. An Land kam Thomas wieder zu sich und bemerkte wie Lisa, Steve und der Surflehrer um ihn herumstanden. „Are you okay?", fragte der Surflehrer besorgt. Thomas nickte und hielt sich am Kopf, wo ihn das Brett getroffen hatte. Lisa umarmte ihn sofort und sagte zu ihm: „Ich bin so froh, dass dir nicht mehr passiert ist." Und auch Steve fragte ihn, ob alles in Ordnung sei. Dann, als sie Thomas halfen, aufzustehen und ihm etwas zu trinken gaben, sagte Steve zu ihm: „Du hast den Surfwettbewerb gewonnen!" Thomas sah ihn ungläubig an, da er immer noch etwas benommen war und er es sich nicht vorstellen konnte, dass er, da er nicht einmal richtig auf dem Surfbrett stehen konnte, einen Surfwettbewerb gewonnen hatte. Doch dann bat ihn der Surflehrer mit auf eine kleine Bühne zu kommen, wo zuvor die Partygäste zur Musik getanzt hatten und gab ihm mit einem Händedruck eine Urkunde, auf dem „*Winner of the Surf competition*" stand. Thomas bedankte sich, während Lisa und Steve ihm zujubelten. Auch die anderen Teilnehmer des Surfwettbewerbes klatschten, als ihm die Urkunde verliehen wurde. „Das ist ja ein echt super Preis, den du da bekommen hast", sagte Steve ironisch, als er die Bühne wieder verlassen hatte. Thomas sah ihn etwas genervt an, da Steve jedes Mal einen frechen Spruch auf Lager hatte. Inzwischen spielte der DJ wieder Partylieder und die Gäste begannen erneut, zu tanzen. Nun war es auch dunkel geworden, sodass die Party richtig losging. „Das sah ziemlich lustig aus, als du dort auf dem Surfbrett gestanden bist", sagte Lisa auf einmal zu ihm und lächelte. Thomas wurde rot, da er dachte, dass er sich vor Lisa blamiert hatte. Doch dann sagte Sie zu ihm. „Ich fand, du hast das trotzdem ziemlich gut gemacht." „Im Ernst?", fragte er sie. „Ja", sagte sie. „Ich bin nämlich zuvor noch nie auf einem Surfbrett gestanden, und ich glaube das hat man mir auch angesehen." Lisa lachte und nickte. „Ja, das hat man." Sie liefen wieder in Richtung Bar, wo nun schon mehr Partygäste auf den Barhockern saßen und setzten sich an den gleichen Platz wie zuvor. Auf einmal, als sie bereits seit einer Viertelstunde an der Bar saßen und tranken, sagte Lisa: „Das ist mein Lieblingslied", und schnappte ihn am Ärmel seines Hemds. „Komm, lass uns tanzen." Thomas konnte gerade noch seinen Cocktail auf den Bartisch stellen, bevor sie ihn am Arm hinter sich her in Richtung Bühne zog, gerade so, als befürchte sie, dass das Lied gleich zu Ende ginge. Thomas, dem alles etwas zu schnell ging und sich nicht vor ihr und allen anderen

Leuten blamieren wollte, überlegte, ob er sagen sollte, dass ihm noch der Kopf von seinem Sturz während des Surfwettbewerbs wehtat. Doch er wollte ihr die Freude auch nicht nehmen und konnte sich ohnehin nicht gegen ihr entschlossenes Ziehen wehren. So ging er im Kopf einfach noch einmal die Schritte, die er von Steve gelernt hatte, durch. So würde er sich hoffentlich nicht komplett zu blamieren. Sie waren inzwischen bei der kleinen Bühne angekommen, auf der schon einige Partygäste tanzten. Thomas sah sich um und hoffte, wenigstens eine weitere Person zu sehen, die nicht tanzen konnte, damit er wenigstens nicht so negativ auffiel. Doch alle waren ziemlich gute Tänzer waren, was Thomas mehr und mehr in Versuchung brachte, Lisa zu sagen, dass er nicht tanzen konnte. Doch da waren sie schon auf der Tanzfläche. Lisa begann sofort zu tanzen und lächelte Thomas an, der versuchte die Tanzschritte von Steve nachzumachen. Er merkte jedoch schnell, dass sie gar nicht zur Musik passten. Er schaute sich alle paar Sekunden um, ob ihn jemand blöd ansah, doch es schien ihn keiner zu beobachten, außer Lisa, die direkt vor ihm tanzte. Lisas konnte im Gegensatz zu ihm recht gut tanzen, was ihn etwas entmutigte. Nach einer Weile beschloss er die Tanzschritte von Steve aufzugeben und versuchte stattdessen, die Tanzschritte der anderen Partygäste nachzumachen. Doch er hatte das Gefühl, dass das nur noch komischer aussah. Plötzlich hörte das Lied auf und der DJ spielte stattdessen ein ruhigeres Lied. Thomas sah, wie die Partygäste jetzt paarweise tanzten und er beschloss, die Bühne zu verlassen. Doch Lisa schnappte seine Hand: „Wohin willst du denn?", fragte sie ihn, während sie ihre Arme, wie die anderen Frauen, ihrem Tanzpartner, Thomas, über die Schultern legte. Thomas wurde auf einmal noch nervöser, als Lisa ihm so nahe kam. Er hatte überhaupt keine Ahnung vom Tanzen und er wusste schon gar nicht, wie man mit einer Partnerin tanzte. Er hatte zuvor nur ein einziges Mal in der Schule eine Tanzstunde gehabt, als sich dort eine Tanzschule vorgestellt hatte. Damals war er seiner Tanzpartnerin immer auf die Füße getreten, da er die Schrittabfolge nicht richtig verstanden hatte. Er versuchte, sich an die Schritte zu erinnern, doch er wusste keinen einzigen mehr. Lisa merkte sofort, dass Thomas damit überfordert war: „Hast du überhaupt schon einmal getanzt?", schrie sie ihm ins Ohr, da die Musik so laut war, dass man sich kaum verständigen konnte. Thomas schüttelte den Kopf. „Nur einmal, bei einer Tanzstunde in der Schule", sagte er. „Aber da bin ich dem Mädchen dauernd auf die Füße getreten." Lisa lachte und sagte: „Ich zeige dir, wie es geht!" Am Anfang war Thomas noch etwas unsicher und konzentrierte sich immer darauf, Lisa nicht auf die Füße zu treten. Doch mit der Zeit bekam er den Dreh raus und wurde etwas entspannter. „Ist doch gar nicht so schwer, oder?", fragte Lisa, nachdem sie eine Weile getanzt hatten. „Ja", sagte Thomas „Aber dafür ziemlich anstrengend." „Komm", sagte Lisa zu ihm, „machen wir eine Pause." Sie gingen von der Bühne, die mittlerweile ziemlich voll geworden war. Sie gingen am Strand entlang und legten sich etwas abseits der Party in den Sand, um den klaren Sternenhimmel zu bewundern. „Hier sieht man viel mehr Sterne als in New York", sagte Lisa zu Thomas. Thomas sagte nichts, sondern schaute nur in den Himmel. „Was fasziniert dich eigentlich so an Vulkanen?", fragte sie ihn auf einmal und schaute ihn an. „Ich weiß nicht", antwortete Thomas. „Sie sind einerseits zerstörerisch und tödlich, auf der anderen Seite aber auch irgendwie beeindruckend und schön. „Und was findest du an mir schön?", fragte sie ihn auf einmal. Thomas wurde rot. Er ist schon seit mehreren Jahren in Lisa verliebt, seit er sie damals das erste Mal in der Schule gesehen hatte. Und jetzt lag er neben ihr im Sand und sie fragte ihn, was er an ihr schön fand. Er konnte sein Glück kaum fassen. Sie schaute ihn mit gespanntem Blick an. Thomas wusste nicht genau, was er auf die Frage antworten sollte. „Also ähm", Thomas war so aufgeregt, dass er fast kein Wort herausbrachte. „Ich stand eigentlich schon die ganze Zeit auf dich, seit du damals an unsere Schule gekommen bist. Aber ich habe mich nie getraut, dich anzusprechen und..." Doch bevor Thomas seinen Satz beenden konnte, küsste Lisa ihn plötzlich auf den Mund. Thomas wusste gar nicht, wie ihm geschah und sein Herz begann zu flattern. Sein Glück währte jedoch nicht lange, denn sie wurden von der Stimme von Steve unterbrochen der etwas wütend war: „Da seid ihr, ja ich habe euch schon überall gesucht." Thomas und Lisa wichen erschrocken voneinander zurück. „Mann, hast du uns erschreckt", sagte Thomas zu Steve. Doch der sagte nichts mehr und lief einfach wieder davon.

Thomas und Lisa sahen sich verwundert an. „Was hat er denn?", fragte sie Thomas. „Keine Ahnung", sagte er zu ihr. „Du solltest ihm nachgehen und fragen, was los ist", sagte Lisa. Thomas nickte. „Ich komme gleich wieder", sagte er zu ihr und lief Steve hinterher. „Wo willst du denn hin?", fragte er, als er seinen Freund einholte. Steve sagte nichts, sondern lief einfach weiter. „Jetzt bleib doch Mal stehen," sagte er und packte ihn an der Schulter. Steve drehte sich genervt um. „Ich dachte, dass wir zusammen Urlaub machen. Stattdessen machst du lieber etwas mit deinem Onkel oder mit Lisa", sagte Steve genervt und lief weiter. „Jetzt warte doch", sagte Thomas, doch Steve lief weiter, bis er beim Hotel ankam. Thomas beschloss, zurück zu Lisa zu gehen, da er wusste, dass es sinnlos wäre, ihm hinterher zu laufen, da er jetzt sowieso nicht mit ihm reden würde. Thomas ahnte, dass es nicht daran lag, dass sie nicht viel zusammen gemacht hatten. Okay, ein bisschen vielleicht schon, aber war Steve nun hauptsächlich sauer, weil Thomas jetzt eine Freundin hatte und er nicht oder hatte er sich womöglich auch in Lisa verliebt, wollte deshalb immer in ihrer Nähe sein und hatte nun gesehen, wie Thomas und Lisa sich geküsst hatten? Thomas wusste nicht, was er denken sollte. Als er zu Lisa zurückging, kam sie ihm schon entgegen und wollte wissen, was mit Steve los war. „Er hat mir gesagt, dass er etwas zu viel getrunken hat und deshalb jetzt aufs Zimmer geht." Thomas kam sich etwas blöd vor, da er Lisa nicht anlügen wollte, doch er konnte ihr nicht sagen, dass Steve womöglich eifersüchtig auf sie war. „Ach so", sagte sie, obwohl Thomas merkte, dass sie ihm das nicht so richtig glaubte. Plötzlich bekam Lisa eine Nachricht von ihrer Mutter, dass sie aufs Zimmer kommen solle. „Ich muss los", sagte sie. Thomas holte sein Handy aus der Tasche. Es war zwei Uhr nachts. „Jetzt schon?", fragte er enttäuscht. Lisa nickte „Ja, leider". „Soll ich dich noch zu deinem Zimmer begleiten?", fragte e. „Wenn du willst, gerne." Auf dem Weg zum Hotel fragte sie ihn noch einmal, warum Steve so plötzlich weggegangen war. „Ich weiß doch, dass er nicht zu viel getrunken hatte." Sie blieb stehen und sah ihn an. „Ist bei dir und Steve alles in Ordnung"?, fragte sie. Thomas wollte sie nicht anlügen. Er seufzte und sagte schließlich: „Er hat mir gesagt, dass er es blöd findet, dass so wenig Zeit mit ihm verbringe, da wir ja schließlich zusammen in den Urlaub geflogen sind. Er sagt, dass ich lieber mehr Zeit mit dir und Onkel Larry verbringen würde. Ich meine, irgendwie hat er ja auch recht, weil ich ihn einmal den ganzen Tag alleine im Hotelzimmer zurückgelassen habe und mit Onkel Larry auf den Tambora gestiegen bin. Ich habe ein total schlechtes Gewissen!" Lisa sah ihn verständnisvoll an und legte ihre Hand auf seine Schulter. „Kopf hoch", sagte sie. „Ihr vertragt euch bestimmt wieder. Wie wäre es, wenn du morgen einfach etwas mit Steve unternimmst. Etwas, das ihm Spaß macht und das nur ihr zwei zusammen macht." Thomas sah sie lächelnd an. „Gute Idee", sagte er. Obwohl Steve gesagt hatte, dass der Grund für seine Wut die mangelnde Zeit mit seinem Freund war, wurde Thomas das Gefühl nicht los, dass es noch einen anderen Grund gab. Er wusste, dass Steve gesehen hatte, wie Lisa und er sich geküsst hatten und dass er deswegen nun eifersüchtig auf ihn war.

Als sie schließlich an Lisas Zimmer ankamen und sie sich verabschiedeten, musste Thomas Lisa noch einmal versprechen, dass er morgen etwas mit Steve unternehmen würde. Thomas versprach es und lief mit etwas mulmigem Gefühl zu seinem Zimmer. „Wie wird Steve reagieren, wenn ich an die anklopfe? Wird er mich reinlassen? Ist er noch sauer auf mich?" Während ihm all diese Gedanken durch den Kopf schossen, sah Thomas noch einmal auf sein Handy, doch er hatte keine Nachrichten; auch Onkel Larry hatte sich nicht gemeldet. Thomas beschloss, ihm nicht zu schreiben, da er und Justus bestimmt ziemlich beschäftigt waren und lief weiter bis zum Zimmer. Dann bemerkte er, dass sie gar nicht geschlossen war und lief hinein. Das Licht im Zimmer war aus. Thomas wurde stutzig. Er zog sich um und beschloss, da Onkel Larry nicht da war und er gerade nicht mit Steve zusammen in einem Raum schlafen wollte, auf dem Sofa zu schlafen. Er schaute auf sein Handy. Es war bereits halb Drei morgens. Dann sah er aus dem großen Fenster, von dem man einen guten Blick auf den Vulkan hatte, der im Dunkeln leuchtete. Er legte sich aufs Sofa dachte daran wie er mit Lisa getanzt und wie sie sich geküsst hatten. Dann schlief er schließlich mit einer Mischung aus Freude und Sorge ein.

KAPITEL XIV

STUNDE 0

Am nächsten Morgen wurde Thomas durch Onkel Larrys
Stimme geweckt. „Ich bin wieder da", rief er fröhlich und
kam ins Wohnzimmer, wo Thomas sich mit verschlafenem
Blick aufrichtete und sich die Augen rieb. „Hallo Onkel
Larry", murmelte Thomas müde. „Und? Wie war es auf
dem Vulkan? Gibt es Neuigkeiten?" „Nichts Besonderes",
sagte Onkel Larry. „Er war so ruhig, dass es mich schon
fast ein bisschen nervös gemacht hat, aber eigentlich
haben wir nichts Beunruhigendes bemerkt oder gespürt."
Onkel Larry wunderte sich daraufhin, warum Thomas auf
dem Sofa geschlafen hatte und nicht im Schlafzimmer bei
Steve. „Warum bist du denn auf dem Sofa?", fragte Onkel
Larry verwundert. „Wir waren gestern auf einer Party und
Steve ist schon früher ins Zimmer gegangen, also habe ich
beschlossen auf dem Sofa zu schlafen, damit ich ihn nicht
wecke." Onkel Larry sah ihn ungläubig an. „Du warst
freiwillig auf einer Party und bist sogar noch länger
geblieben als Steve?" Thomas nickte. „Steve hat mich
überredet, mit ihm auf die Party zu gehen also habe ich
eingewilligt, da ich ihm sowieso noch einen Gefallen
schuldig war." Onkel Larry nickte verständnisvoll.
„Anscheinend war die Party gar nicht so schlecht, wenn du
so lange geblieben bist... Hast du Hunger?", fragte Onkel
Larry. Thomas nickte und stand auf. Dann blieb er
plötzlich wie versteinert stehen und starrte aus dem
Fenster. Aus dem Tambora stieg eine riesige Aschewolke

in den Himmel empor. Onkel Larry war verwundert, weshalb Thomas so gebannt aus dem Fenster starrte und folgte seinem Blick. Thomas fragte entsetzt: „Hat der Vulkan als du gegangen bist auch schon Asche ausgestoßen oder siehst du das zum ersten Mal?" Onkel Larry schüttelte den Kopf. „Nein, das ist neu! Aber das ist eigentlich unmöglich", grübelte Onkel Larry. „Noch vor wenigen Stunden gab es keinerlei Anzeichen für einen Ausbruch." „Aber ihr habt doch gesagt, dass er bald wieder ausbrechen wird", sagte Thomas. Onkel Larry nahm sein Handy und rief Justus an. „Justus", sagte er, als dieser abgenommen hatte. „Was ist da oben los?" Justus Stimme klang durch den Lautsprecher des Telefons sehr entsetzt und erschrocken. „Es gab ein Beben", sagte er. „Es war stärker, als alle die wir zuvor gemessen hatten." „Wie stark?", fragte Onkel Larry . Es war ein paar Sekunden lang still, bevor Justus antwortete: „ 8,7!" Onkel Larry sah Thomas erschrocken an, sagte jedoch zuerst nichts. „Wir müssen die Bevölkerung warnen...!" Plötzlich hörten sie ein tiefes Brummen durch das Telefon, dann einen Schrei – und auf einmal war die Leitung tot. Ohne Vorwarnung fing der Boden unter Thomas' und Onkel Larrys Füßen an zu beben, viel stärker, als zuvor auf dem Vulkan. „Was passiert hier?", schrie Thomas. „Wir müssen hier sofort raus", schrie Onkel Larry zurück. Auch Steve war inzwischen durch das Beben aufgewacht und kam aus dem Zimmer gerannt. Das Beben war so stark, dass die Uhr von der Wand im Wohnzimmer auf den Boden fiel und zersprang. Die Fensterscheibe zersprang durch die

Erdstöße und aus den Küchenschränken fiel Geschirr heraus, welches auf dem Boden zersprang. „Los", schrie Onkel Larry noch einmal. „Wir müssen hier sofort raus." Sie versuchten, so schnell wie möglich, aus dem Hotel zu kommen, stießen jedoch durch das Wackeln des Bodens immer wieder gegen die Wand, so dass es sich anfühlte, als wären sie betrunken. Die Wände bekamen bereits Risse und Putz bröckelte von der Decke herunter. „Schneller", schrie Onkel Larry und rannte zur Treppe, die zum Ausgang hinunterführte. Während sie die Treppen hinunterstolperten, um zum Ausgang zu gelangen, fiel der über riesige schwere Kronleuchter von der Decke herunter und zersprang mit einem lauten Knall in tausend Einzelteile. Dann bemerkten Sie zwei Frauen, die sich hinter der Rezeption vor dem Beben schützen wollten und sich schreiend zusammengekauert hatten. Der Kronleuchter lag nur etwa einen Meter vor ihnen auf dem Boden. „Los", sagte Onkel Larry zu den Frauen. „Wir müssen hier sofort raus!" Er packte die eine Frau am Arm, die schreiend und heulend aufstand. Die zweite Frau folgte ihnen und sie rannten gemeinsam zum Ausgang des Hotels. Vor dem Hotel hatte sich bereits eine Menschenmenge versammelt, die panisch schreiend hin und her rannte. Auf einmal hörte das Beben ebenso schnell wieder auf, wie es begonnen hatte und es herrschte für einen Moment Stille. Doch gleich darauf schrien und rannten die Menschen, noch immer in Panik, wahllos umher. Nun konnten sie das ganze Ausmaß des Erdbebens erkennen. Einige Häuser waren durch die

Wucht des Bebens eingestürzt oder schwer beschädigt. Das Hotel, das etwas stabiler gebaut war, als die anderen Häuser auf der Insel, hatte Risse in der Wand bekommen und einige Fensterscheiben waren zersprungen. Thomas und Onkel Larry starrten entsetzt zum Vulkan, aus dem eine gewaltige Aschewolke emporstieg und den Himmel verdunkelte. Aus der Aschewolke zuckten Blitze und man hörte ein leises Brummen. An den steilen Hängen des Vulkans kamen Gesteinslawinen herunter und knickten große Bäume einfach wie Streichhölzer um. Thomas sah, wie viele Menschen versuchten, zum Hafen zu gelangen, um mit einem Boot ans Festland zu fahren und sich in Sicherheit zu bringen. Dann sah er sich nach Lisa um und hoffte, sie irgendwo in der Menschenmenge zu finden. Doch er konnte sie nirgends entdecken. Thomas vermutete, dass sie noch im Hotel war und rannte ohne nachzudenken zum Hoteleingang. Als Onkel Larry sah, wie Thomas in Richtung Eingang des Hotels rannte, wollte er hinterherrennen, um ihn davon abzuhalten. „Thomas", schrie er „Das ist zu gefährlich. Das Haus kann jeden Moment einstürzen." Thomas blieb kurz stehen, als Onkel Larry ihn einholte. „Tu es nicht", sagte er. Thomas sah Onkel Larry mit ernstem Blick an. „Ich muss es tun", sagte er. „Wer weiß, ob Lisa verletzt ist. Jede Sekunde länger könnte sie das Leben kosten." Onkel Larry sah ihn an. Dann seufzte er und sagte: „Du bist wirklich ein Sturkopf", und lächelte. „Aber ich komme mit und helfe dir, sie zu finden."

Als sie das Hotel wieder betraten, war der Boden übersät mit Glassplittern und Staub. In der Decke, wo zuvor noch der Kronleuchter hing, befand sich ein riesiges kreisförmiges Loch. Auf den Treppen lag überall abgebröckelter Putz und das Treppengeländer war an manchen Stellen weggebrochen. „Pass auf, wo du hintrittst", sagte Onkel Larry. Thomas nickte und tastete sich weiter vor, da die Lampen, die zuvor das Innere des Hotels beleuchtet hatten, durch das Erdbeben kaputt gegangen waren und es je weiter sie vorankamen immer dunkler wurde. Als sie im ersten Stock ankamen, wackelte der Boden plötzlich erneut, jedoch nicht so stark wie zuvor. Thomas und Onkel Larry legten sich auf den Boden und schützen ihren Kopf mit den Händen vor herabfallendem Putz. „Alles okay?", fragte Onkel Larry, als das Nachbeben vorüber war. „Ja", sagte Thomas und schüttelte sich den Staub von den Schultern. Sie liefen die Treppen zum zweiten Stockwerk hinauf. An manchen Stellen hingen Lampen herunter, an denen Stromkabel herausragten. „Pass auf die offenen Stromkabel auf!" Thomas holte sein Handy aus seiner Tasche, welches er zum Glück nicht im Hotelzimmer hatte liegen lassen. Er schaltete die Taschenlampe seines Handys an, da es inzwischen so dunkel war, dass man ohne Licht nicht mehr weitergehen konnte. Die Staubteilchen in der Luft, die von dem Licht der Taschenlampe angeleuchtet wurden, machten die Sicht zwar etwas trüb, aber sie konnten vorsichtig weitergehen. Am Ende des zweiten Stockwerks machten sie kurz eine Pause, da die staubige Luft das

Atmen schwermachte. „Keine Sorge", sagte Onkel Larry „wir werden sie schon finden". Thomas nickte. Er hoffte, dass es Lisa gut ging und dass sie nicht verletzt war. Plötzlich entdeckte Thomas ein kleines Loch, das sich etwa drei Meter über ihnen befand und ins Freie zeigte. „Dort ist ein Loch, wo frische Luft hineinkommt", sagte Thomas und zeigte auf das Loch über ihnen. Onkel Larry schaute nach oben und sagte: „Lass uns etwas frische Luft einatmen, ich halte es in dieser staubigen Luft nicht mehr aus." Sie steckten nacheinander ihre Köpfe durch das fuballgroße Loch hindurch. Plötzlich blickte Thomas wie versteinert auf das Meer. „Was ist los?", fragte Onkel Larry. „Sieh selbst", sagte Thomas entsetzt. Onkel Larry schaute durch das Loch auf das Meer und erstarrte genau wie Thomas ,als er sah, dass ein riesiger Tsunami auf die Insel zurollte. Er sah, wie die Menschen, die zuvor zum Hafen gerannt waren, um sich mit Booten in Sicherheit zu bringen, wieder ins Innere der Insel rannten. Einige, die bereits schon in ihren Booten saßen und aufs Meer gefahren waren, wurden von der etwa 15 Meter hohen Welle erfasst und von ihr verschluckt. Andere waren, als sich das Wasser zurückgezogen hatte, ins Meer hineingelaufen, um ihre Boote, die auf Sand aufgelaufen waren, in tieferes Wasser zu schieben. Sie hatten nun keine Chance mehr, der Welle zu entkommen. Und so mussten Thomas und Onkel Larry zusehen, wie hunderte Menschen von der Welle erfasst wurden und ertranken. Die Boote am Hafen wurden aufeinander geschoben und von der Welle ins Innere der Insel gestoßen, wo sie wie große Rammböcke alles zerstörten, was ihnen in den Weg kam. Thomas bemerkte Steve, der vor Schreck wie angewurzelt zusah, wie die Flutwelle langsam auf ihn zurollte. „Steve", schrien Thomas und Onkel Larry entsetzt „Los! Renn so schnell du kannst ins Hotel, sonst wirst du von der Welle erfasst." Steve sah, wie die Welle immer näherkam und nur noch wenige Meter von ihm entfernt war. Dann lief er plötzlich, so schnell er konnte, ins Hotel hinein. „Wir müssen weiter nach oben", rief Onkel Larry. „Schneller Steve", schrie Thomas. Die Welle war nun nur noch etwa 50 Meter von ihnen entfernt. Thomas und Onkel Larry warteten, bis sie Steve im schwachen Licht der Handylampe erkennen konnten. „Schneller", rief Onkel Larry. „Wir haben nicht mehr viel Zeit, bis uns die Welle trifft." Sie rannten so schnell sie konnten und bereiteten sich gleichzeitig auf den Aufprall der Welle vor. Als sie gerade im dritten Stock angekommen waren, wurde das Hotel plötzlich von der Welle getroffen. Der Aufprall war so stark, dass Thomas und die anderen umgeworfen wurden. Teile der Wände brachen ein und das Wasser floss wie ein reißender Fluss in das Innere des Hotels und überflutete die beiden unteren Stockwerke. „Das war knapp", sagte Steve erleichtert, doch gerade als er den Satz zu Ende gesprochen hatte, merkten sie, dass das Wasser weiter anstieg und bereits die Treppe erreicht hatte. „Schnell", sagte Thomas, „wir müssen Lisa finden, bevor das Wasser den dritten Stock überflutet." Sie tasteten sich durch den Gang und riefen immer wieder nach Lisa. Plötzlich hörte Thomas eine Stimme, die aus einem Zimmer kam. „Thomas? Bist du das?", hört er Lisa rufen. „Ja", rief Thomas besorgt zurück. „Geht es dir gut?" „Nein", rief Lisa. „Mein Bein, aua, ist eingeklemmt." Plötzlich bewegte sich das ganze Hotel und schien nach unten zu sacken. „Keine Angst", machte Thomas ihr Mut, „ich hole dich da raus." Gerade als Thomas in das Zimmer gehen wollte, bemerkte er, dass die Tür mit Steinen und Balken versperrt war, die von der Decke herabgestürzt waren. Das Wasser hatte inzwischen den dritten Stock erreicht und floss durch den Flur. „Los! Helft mir, die Sachen von der Tür wegzuräumen." Onkel Larry nahm einen großen Stein und schob ihn auf zur Seite. Thomas versuchte in der Zwischenzeit, einen Balken von der Tür wegzuziehen. „Steve", schrie er. „Ich brauche deine Hilfe!" Doch Steve sah ihn nur an und weigerte sich, ihm zu helfen. „Steve, verdammt, was ist mit dir los?", schrie ihn Thomas an. „Gib es doch zu, dir war es scheißegal, ob ich Zeit mit dir oder mit Onkel Larry verbracht habe. Du warst von Anfang an nur eifersüchtig auf mich. Du wolltest nur ins Meer gehen, um in Lisas Nähe zu sein und wolltest nur bei diesem blöden Surfwettbewerb mitmachen, um Lisa mit deinen sportlichen Fähigkeiten zu beeindrucken. Du hast die ganze Zeit versucht es zurückzuhalten, doch als du gesehen hast, wie wir uns geküsst haben, warst du tierisch eifersüchtig auf mich." Steve stand neben ihm und sagte nichts, während das Wasser immer weiter stieg und Thomas hörte, wie Lisa um Hilfe schrie. „Was bringt es dir, wenn sie jetzt ertrinkt?", brüllte er ihn vor Wut an. Steve sagte immer noch nichts, während Thomas weiter damit beschäftigt war, Steine und Balken wegzuschaffen. „Das hat keinen Sinn, das dauert zu lange", sagte Thomas schließlich entmutigt. Das Wasser stand bereits einen halben Meter hoch und stieg weiter an. „Was hast du vor?", fragte Steve, als Thomas sich gegen die gegenüberliegende Wand lehnte und sich darauf vorbereitete, mit Anlauf gegen die Tür zu rennen. „Ich trete die Türe jetzt ein", sagte Thomas zu ihm und rannte mit voller Wucht gegen die Tür, die mit einem Schlag aus der Verankerung gerissen wurde und ins Zimmer fiel. Lisa blickte sie erschrocken an. „Thomas", seufzte sie erleichtert, als sie ihn sah. Sie lag auf dem Boden und ihr Fuß war einem etwa einen Meter langen Balken eingeklemmt. Onkel Larry und Thomas stießen mit vereinten Kräften von Lisas Bein herunter. Der Balken hatte ihr Bein aufgeschürft, sodass sie blutete. Dann sah Onkel Larry Lisas Mutter, die ebenfalls eingeklemmt war und sich selbst nicht befreien konnte. „Haben Sie keine Angst", sagte Onkel Larry. Sie lag unter einem Tisch, der von herabfallenden Trümmern zerstört worden war und war nun darunter eingesperrt. Durch die offenstehende Türe kam das Wasser nun viel schneller ins Zimmer und sie mussten sich beeilen. Thomas kümmerte sich um Lisa, die versuchte, mit ihrem verletzten Bein aufzutreten. „Aua", fluchte sie und entlastete das Bein schnell wieder. „Ich glaube, das könnte gebrochen sein", sagte Thomas zu ihr. In der Zwischenzeit versuchte Onkel Larry, Lisas Mutter aus den Trümmern zu befreien. „Thomas", rief er, „Hilf mir mal, die Trümmer wegzuräumen, damit ich den

Tisch hochheben kann." Lisa wollte auch helfen, hielt sich jedoch vor Schmerzen das Bein, als sie versuchte, zum Tisch zu gelangen. „Bleib lieber sitzen", sagte Thomas zu ihr. „Wir werden sie schon befreien. Du musst dein Bein schonen." Lisa nickte verständnisvoll und setzte sich auf einen Stuhl, der mit Staub von der Decke bedeckt war. Das Wasser stieg immer schneller an und Ihnen lief langsam aber sicher die Zeit davon. Thomas nahm ein Stein vom Tisch und warf ihn weg. „Los, wir müssen den Tisch hochheben", sagte Onkel Larry. „Okay", antwortete Thomas entschlossen. „Eins, zwei, drei..." Sie versuchten mit aller Kraft, den Tisch hochzuheben, doch er bewegte sich nicht. „Los", sagte Onkel Larry, „wir müssen mehr Trümmer vom Tisch schaffen." Er trat mit seinem Fuß gegen einen großen Stein, doch auch dieser bewegte sich nicht. „Wir müssen den großen Stein vom Tisch entfernen, um ihn anheben zu können." Sie traten mit voller Kraft gegen den Stein, doch es war vergeblich. „Wo ist eigentlich Steve?", rief Onkel Larry zu Thomas. „Ohne ihn schaffen wir es nicht!" Das Wasser stieg inzwischen weiter und die Luft unter dem Tisch wurde immer knapper. „Steve", schrie Thomas. „Wir brauchen dich!" Steve kam ins Zimmer, ohne Thomas anzusehen und half ihnen gegen den Stein zu drücken. Nun bewegte er sich und sie drückten weiter gegen ihn, bis er vom Tisch heruntergefallen war. Dann hoben Onkel Larry und Thomas den völlig zerstörten Tisch hoch und halfen Lisas Mutter herauszukommen. Sie hatten es gerade noch rechtzeitig geschafft, denn das Wasser stand nun bedrohlich hoch. „Alles in Ordnung?", frage Onkel Larry die verängstigte Frau. „Ja", sagte sie ängstlich. „Danke!" Das Wasser stand nun bis zu ihren Hüften. „Wir müssen hier raus", sagte Onkel Larry und watete aus dem Zimmer, in dem bereits Möbelstücke angefangen hatten, im Wasser zu schwimmen. Thomas half Lisa, indem er sie stützte. „Ich bin so froh, dass dir nicht mehr passiert ist", sagte Thomas zu ihr als sie gemeinsam aus dem Zimmer wateten. „Ich bin froh, dass es dir gut geht und dass du mich gefunden hast", sagte Lisa zu ihm und umarmte ihn. Steve war der letzte, der das Zimmer verließ. Er watete hinter Thomas und Lisa her und sagte kein Wort. Als sie endlich an der Treppe ankamen, stand fast der komplette dritte Stock unter Wasser. „Was machen wir jetzt?", fragte Thomas. „Wir gehen aufs Dach", sagte Onkel Larry. Sie liefen die Treppen hinauf, bis Sie ganz oben ankamen. Am Ende des Gangs im fünften Stock gab es eine Tür, die zum Dach des Hotels führte.

Kapitel XV

1 Stunde nach der ersten Eruption

Als sie die Türe zum Dach öffneten, sahen sie, welche Zerstörung die Flutwelle angerichtet hatte. Viele Häuser waren von der Welle mitgerissen worden und man konnte nur noch einzelne Überreste erkennen. Die Boote, die die Welle ins Innere der Insel geschoben hatte, steckten zum Teil in den Ruinen der Häuser fest und waren ebenfalls schwer beschädigt oder komplett zerstört worden. Auf dem Wasser schwammen Holzbretter und Metallstücke und zum Teil auch entwurzelte Bäume oder Äste. Der Himmel war durch die Aschewolke des Vulkans verdunkelt worden und man hörte das Donnern des Vulkans. Sie sahen fassungslos auf die zerstörte Insel hinab. Aus der Aschewolke des Vulkans fiel Asche auf die Insel, die wie Schnee aussah. „Was machen wir jetzt?", fragte Thomas Onkel Larry. Dieser antwortete nicht, sondern starrte nur auf die zerstörte Insel. „Wir werden alle sterben", sagte Lisa, die mit den Nerven am Ende war und weinte. Thomas nahm sie in den Arm und versuchte sie zu trösten. „Wir werden nicht sterben", sagte er, obwohl er seinen Worten selbst nicht glaubte. Dann sah er zu Onkel Larry hinüber, der immer noch fassungslos auf die zerstörte Insel schaute. „Wir hätten die Bevölkerung warnen sollen, als wir noch die Möglichkeit dazu hatten", sagte Onkel Larry mit trauriger Stimme. „Mach dir keine Vorwürfe", sagte Thomas. „Ihr konntet nicht wissen, dass er so schnell ausbrechen würde." „Wir hätten es aber wissen müssen! Schon ab dem Zeitpunkt, als Justus gesagt hatte, dass er bald ausbrechen würde, hätten wir sie warnen sollen." Plötzlich gab es einen gewaltigen Knall, als ob eine Bombe explodieren würde. Thomas und die anderen zuckten vor Schreck zusammen und sahen zum Vulkan hinüber. Die Explosion war so gewaltig, dass Sie die Druckwelle der Explosion am Körper spürten. „Wir müssen hier weg", schrie Onkel Larry, „bevor der Vulkan die ganze Insel unter einer Ascheschicht begräbt." Das Wasser hatte sich bereits wieder Richtung Meer zurückgezogen, sodass sie, als sie wieder beim Hoteleingang ankamen, durch das niedrige Wasser waten konnten. „Und wie sollen wir von der Insel wegkommen, wenn die Flutwelle alles zerstört hat?", fragte Steve. „Ich weiß es nicht", sagte Onkel Larry zu ihm, „wir müssen nach einem Boot suchen, das noch einigermaßen intakt ist, und wenn es nur ein Ruderboot ist." Als sie so durch das Wasser wateten und sich nach einem Boot umsahen, das nicht zerstört oder beschädigt war, hörten sie plötzlich Hilfeschreie aus einem zerstörten Haus. Sofort wateten sie in die Richtung, aus der die Hilfeschreie kamen. Der Himmel über ihnen wurde immer dunkler und immer mehr Asche fiel auf die Insel. Als sie bei dem Haus ankamen, das an manchen Stellen schon zusammengefallen war, sahen sie drei Menschen, zwei Männer und eine Frau, die unter dem Schutt des zusammengefallenen Hauses eingeklemmt waren und sich nicht befreien konnten. Onkel Larry versuchte, sie zu beruhigen, während die anderen versuchten, sie von dem

Schutt zu befreien. Als sie den Schutt beseitigt hatten, sahen sie, dass die Drei verletzt waren und ärztliche Hilfe benötigten. Sie halfen ihnen, sich von dem letzten Schutt zu befreien. „Was machen wir jetzt?", fragte Thomas „Wir können sie ja so nicht hier zurücklassen." Onkel Larry nickte : „Du hast recht", sagte er und sah zu den Verletzten hinüber, die ihn ängstlich anstarrten. „Wir müssen sie irgendwie in Sicherheit bringen. Aber dazu müssten wir mehrere fahrtüchtige Boote finden. Die einzige Möglichkeit, wie wir die Menschen retten können, wäre, einen Notruf per Funk zu senden. Aber der einzige Ort auf der Insel, an dem es eine Funkstation gibt, ist Justus' Forschungsstation, und die wurde zerstört." Onkel Larry sah Thomas niedergeschlagen an. „Wenn wir nicht schnell etwas finden, womit wir von der Insel wegkommen, dann werden wir unter der Ascheschicht des Vulkans begraben." Thomas sah in den Himmel, aus dem immer mehr Asche auf die Insel regnete. „Ich hätte eine Idee, wie wir von der Insel herunterkommen würden", sagte Thomas zu Onkel Larry, der ihn gespannt anschaute. Auch Lisa und die anderen, sahen ihn erwartungsvoll an. „Wie?", fragte Lisa. „Wenn wir es schaffen würden, mit einem Boot zu dem Flugzeug zu gelangen, mit dem wir auf einer Insel in der Nähe notgelandet sind, könnten wir vielleicht von dort einen Notruf absetzen." „Aber wie willst du die Insel wiederfinden?", wollte Onkel Larry wissen. „Und woher willst du wissen, dass es dort einen Notruf gibt?" „Ich weiß es nicht", sagte Thomas, „aber wenn wir es nicht versuchen, dann..." Er stoppte für einen kurzen Moment und sagte dann: „Es muss einfach klappen. Wir haben keine andere Wahl!" Er sah zu Lisa hinüber, die ihn mit großen Augen ansah. Sie hatte Tränen in den Augen und versuchte ihm zuzulächeln. „Gut", sagte Onkel Larry. „Thomas und ich werden nach einem Boot suchen, das noch einigermaßen fahrtauglich ist und das Flugzeug suchen. Der Rest bleibt hier und kümmert sich um die Verletzten und sucht, wenn es geht, vielleicht nach weiteren Überlebenden. Falls es klappen sollte, kommen wir mit Hubschraubern wieder zurück." Er sah Thomas mit entschlossenem Blick an. „Bist du bereit?", fragte er ihn. Thomas nickte. Dann ging er zu Lisa hinüber, die auf einem Betonblock saß. „Keine Angst", sagte er, „wir werden es schaffen und euch retten." Lisa sah ihn mit Tränen in den Augen an. „Passt gut auf euch auf", sagte sie und umarmte ihn. „Keine Angst, das werden wir." Dann sah er, wie Onkel Larry sich von Lisas Mutter verabschiedete. „Es scheint so, als hätten sich dein Onkel und meine Mutter ineinander verliebt", sagte Lisa zu ihm. Thomas nickte: „Ja, scheint so." „Thomas", rief Onkel Larry, „bist du bereit?" „Ich glaube, du musst jetzt los", sagte Lisa. Thomas nickte. „Versprich mir, dass du wieder zurückkommst und dass wir dann alle gerettet werden." „Ich verspreche es", sagte er und lief zu Onkel Larry, der schon ungeduldig auf ihn wartete. Sie wateten durch das Wasser und hielten dabei Ausschau nach einem Boot, das nicht beschädigt war. „Ich glaube, ich habe ein Boot gefunden", schrie Thomas, als sie etwa eine Viertelstunde gesucht hatten. Das Boot klemmte zwischen zwei Bäumen fest und schien ansonsten aber in einem guten Zustand zu sein. Es war zu ihrer Erleichterung ein Motorboot, sodass sie schneller zur anderen Insel gelangen konnten. Die Frontscheibe des Boots war gesprungen und der Rumpf war übersät mit Kratzspuren, die vermutlich von Ästen oder anderen Booten kamen. Thomas und Onkel Larry wateten durch das Wasser, bis sie am Boot ankamen. Dann versuchten sie, es vorsichtig von den Bäumen zu befreien. Als sie es geschafft hatten, prüfte Onkel Larry noch einmal, ob das Boot auch wirklich keine Löcher hatte. Dann stiegen sie vorsichtig ein. Als beide im Boot saßen, beteten sie, dass der Motor funktionierte. Thomas nahm den Anlasser des Motors in die Hand und zog daran, doch er sprang nicht an. Dann versuchte er es erneut, doch wieder sprang der Motor nicht an. „Lass mich mal", sagte Onkel Larry zu ihm. Er ließ den Anlasser des Motors los und ging nach vorne. Onkel Larry nahm den Anlasser des Motors in die Hand und zog einmal kräftig daran, so dass der Motor ansprang. Thomas und Onkel Larry jubelten. „Du musst öfter ins Fitnessstudio gehen", sagte Onkel Larry zu ihm und lachte. Thomas sah ihn etwas wütend an, musste jedoch dann auch lachen „Ja, vielleicht", sagte er.

KAPITEL XVI

II STUNDEN NACH DER ERSTEN ERUPTION

Sie fuhren so schnell, dass die herunterfallende Asche des
Vulkans ihnen ins Gesicht flog und Thomas und Onkel
Larry hielten sich den Mund und die Nase zu. Die Sicht war
durch die herunterfallende Asche sehr schlecht. „Ich habe
keine Ahnung in welche Richtung wir fahren, geschweige
denn, in welche Richtung wir überhaupt fahren müssen,"
schrie Onkel Larry. Der Motor des Boots surrte im Wasser,
sodass man schreien musste, um etwas zu verstehen.
Zudem war es schwierig, ein Gespräch zu führen, da
einem beim Sprechen ständig Asche in den Mund flog. Auf
dem Boot und ihrer Kleidung hatte sich inzwischen eine
dünne Ascheschicht abgelagert. Thomas versuchte mit
seinen Händen, Asche aus seinen Haaren zu entfernen,
was jedoch nicht viel nützte. Er sah sich um und hoffte,
dass sie bald aus der Aschewolke rauskommen würden.
Das Atmen fiel ihm immer schwerer, da ihm andauernd
Asche in den Mund flog und seine Atemwege reizte. Auch
Onkel Larry schien Atemprobleme zu haben. „Jetzt wären
die Gasmasken wirklich hilfreich", schrie Onkel Larry und
musste daraufhin husten. Thomas nickte. Er dachte daran
zurück, wie er mit seiner Mutter im letzten Sommer durch
den Central Park von New York gelaufen war. Wo die
Sonne von einem wolkenlosen Himmel auf sie
herabschien und ihm der warme Sommerwind ins Gesicht
wehte.

Thomas schloss die Augen und versuchte sich den Central Park in New York vorzustellen. Er versuchte, sich an den warmen Sommerwind, der ihm um die Nase wehte, zu erinnern und an den wolkenlosen Himmel, von dem die Sonne herabschien. Dann stellte er sich vor, wie er mit seiner Mutter ein Picknick auf einer Wiese machte, wie sie auf der Picknick Decke lagen und mit einer Wassermelone in der Hand in den blauen Himmel starrten, wie sie sich nach dem Picknick im See abkühlten, bis sie schrumpelige Hände bekamen... Dann musste Thomas auf einmal an Lisa denken. Daran, wie er mit ihr in ihrem Hotelzimmer über die Notlandung des Flugzeugs gesprochen hatte, bei dem sie nur knapp dem Tod entkommen waren. Dann musste er an Lisas Worte auf dem Vulkan zurückdenken und schließlich dachte er an die Party, auf der sie mit ihm getanzt hatte und an den anschließenden Kuss. „Was ist", dachte er, „wenn ich sie nie wiedersehe? Wenn wir es schaffen würden?" Thomas machte die Augen wieder auf und bekam bei dem Gedanken, Lisa zu verlieren, feuchte Augen. Er nahm seine Hand und wischte sich damit die Tränen weg. Die Ascheschicht auf dem Boot war nun noch einmal gewachsen. Plötzlich entdeckte Thomas ein schwaches Licht im Dunkeln. „Ich glaube wir sind gleich aus dieser Aschewolke draußen", sagte Onkel Larry mit einem Blick zu Thomas, der ihm so viel sagen wollte wie, „wir schaffen das!" Ein paar Minuten konnten sie den blauen Himmel wiedersehen. Thomas atmete tief die saubere Luft ein. Er war noch nie in seinem ganzen Leben so glücklich über einen blauen Himmel und frische Luft gewesen. Auch Onkel Larry schien die frische Luft regelrecht aufzusaugen. Thomas schüttelte sich nun zum zweiten Mal die Asche von seinen Haaren und seiner Kleidung. „Endlich sehen wir auch, wohin wir fahren", sagte Onkel Larry. Thomas nickte. „Der Aschewolke des Vulkans nach zu urteilen", sagte Onkel Larry, „müssten wir uns in die richtige Richtung bewegen." Thomas nickte und blickte etwas besorgt in Richtung der Aschewolke, die sich weiter ausbreitete. „Keine Angst", sagte Onkel Larry zu Thomas „wir werden es schaffen." Thomas blickte ihn an und nickte. „Ich hoffe du hast recht", sagte er. Plötzlich hörten Thomas und Onkel Larry, wie der Motor immer leiser wurde, bis er schließlich aufhörte zu surren und sie stehen blieben. „Was ist denn jetzt los?", rief Onkel Larry genervt und schockiert zugleich. Thomas, der sich gerade noch darüber gefreut hatte, dass sie endlich aus der Aschewolke herausgekommen waren, verlor nun komplett die Hoffnung, dass sie es rechtzeitig schaffen würden, das Flugzeug mit dem Notfallsender zu finden, bevor Lisa und die anderen auf der Insel von der Aschewolke begraben würden. „Jetzt werden wir es nie rechtzeitig bis zum Flugzeug schaffen", rief Thomas und sah Onkel Larry mit einem Blick aus Wut und Trauer an. Onkel Larry schaute zurück. Sein Blick zeigte Thomas, dass sie es nicht aufgeben sollten. Doch Thomas sah, dass er im Inneren auch nicht mehr daran glaubte, dass sie es schaffen würden.

KAPITEL XVII

Auf der Insel war die Ascheschicht inzwischen weiter angestiegen und das Atmen wurde mit jedem Atemzug schwerer. Steve und ein Mann namens Fabrice, den sie zuvor aus dem Schutt des zerstörten Hauses gerettet hatten, suchten in den zerstörten Häusern nach weiteren Überlebenden, während sich Lisa und ihre Mutter um die Verletzten kümmerten. „Glaubst du, dass sie es rechtzeitig schaffen werden?", fragte Lisa sie besorgt. „Mach dir keine Sorgen", sagte ihre Mutter. „Sie schaffen es bestimmt. Sie sind vermutlich schon beim Flugzeug angekommen und werden den Notruf abgesetzt haben." Lisa sah an ihrem Gesichtsausdruck, dass sie nur versuchte, sie aufzumuntern. „Ich hoffe, dass ihnen nichts passiert ist", sagte Lisa. „Mach dir keine Sorgen, es wird ihnen schon gut gehen." „Das hoffe ich jedenfalls", fügte sie leise hinzu. „Ich hoffe, dass sie bald mit einem Rettungsflugzeug zurückkommen." Steve und Fabrice versuchten währenddessen trotz der Aschewolke nach Verletzten Ausschau zu halten, doch die Sicht war durch die Aschewolke furchtbar schlecht. Zudem war das Atmen durch die herunterfallende Asche sehr schwer, da die Asche die Atemwege reizte. Plötzlich hörten sie Hilfeschreie aus einem zerstörten Haus. „Da sind noch weitere Überlebende", sagte Steve zu Fabrice. Sie wateten durch das Wasser und folgten dabei den Hilfeschreien, da sie durch den Ascheregen nicht sehr weit sehen konnten. „Was machen wir mit den Verletzten, wenn wir sie gefunden haben?", wollte Steve wissen. „Ich weiß es noch nicht", sagte Fabrice zu ihm auf Englisch. Je näher sie den Hilferufen der Verletzten kamen, desto lauter wurden sie. Schließlich konnten sie durch die Asche den Umriss eines Hauses erkennen, das etwa zehn Meter von ihnen entfernt war. „Hier sind sie", rief Steve. Als sie an dem Haus ankamen, sahen sie, dass das fast komplett eingestürzt war und man nur noch einzelne Mauerreste erkennen konnte. Die Verletzten lagen unter dem auf sie herabgefallenem Schutt, auf dem sich schon eine Ascheschicht gebildet hatte, begraben. „Sind Sie verletzt?", fragte Fabrice die Leute auf Englisch. Es waren drei Verletzte, die sich unter dem Schutt befanden. Darunter war auch ein kleiner Junge, der leise weinte. Fabrice versuchte, sie zu beruhigen, während Steve schon dabei war, den Schutt zu beseitigen. „Alles wird gut", sagte Fabrice zu ihnen. Dann half er Steve. Plötzlich sah Steve, wie sich Fabrice mit schmerzverzerrtem Gesicht den rechten Arm hielt. Er war bei der vorherigen Explosion von einem Stück Schutt getroffen wurde und hatte sich verletzt. Steve erinnerte sich, dass er das Gesicht vor Schmerzen das Gesicht verzogen hatte, als sie ihn befreit hatten. „Ist alles okay bei dir?", fragte Steve besorgt. Fabrice nickte und versuchte, sich die Schmerzen nicht ansehen zu lassen. „Das ist nicht so schlimm, nur eine Prellung oder so", sagte Fabrice. Steve sah, wie er mit schmerzverzerrtem Gesicht die Bretter und Steine beseitigte. Plötzlich hörten sie ein Knacken, das von dem Schutt ausging. „Warte", sagte Fabrice zu Steve. Er prüfte im schwachen Licht, woher das Knacken kommen könnte. Plötzlich sank der Schutt um ein paar Zentimeter hinab und drohte nun, die Verletzten unter sich zu erdrücken. Sie hörten, wie die Verletzten unter dem Schuttberg Panik bekamen und schrien. Fabrice versuchte, sie zu beruhigen, da eine falsche Bewegung den Schuttberg zum Einstürzen bringen könnte. Steve und Fabrice versuchten, die Ursache für das Absinken zu finden, was durch die schlechte Sicht nicht gerade einfach war. Dann sah Steve plötzlich einen großen Stein, der etwa in der Mitte des Schuttberges lag und nun drohte, weiter abzusinken. „Ich glaube ich habe die Ursache für das Absinken gefunden", sagte Steve zu Fabrice. Der Stein hatte ungefähr die gleiche Größe, wie auf dem Hoteltisch, unter dem Lisas Mutter eingeklemmt gewesen war. Doch dieses Mal waren sie nur zu zweit und Fabrice war durch seinen verletzten zusätzlich eingeschränkt. „Das schaffen wir niemals", sagte Steve verzweifelt. „Außerdem wäre es riskant, ihn von dem Schuttberg zu schieben, da er dann vielleicht weiter abrutschen könnte und die Leute dann zerquetschen würde." „Wir müssen eine andere Möglichkeit finden, sie zu befreien", sagte Fabrice. „Und wie wollen wir das machen, ohne dass der ganze Schutt auf sie herabfällt?", fragte Steve. Die Verletzten waren immer noch in Panik und heulten und schrien. „Eines ist auf jeden Fall sicher. Je länger wir warten, desto höher ist die Gefahr, dass sie ersticken oder von dem Schutt erdrückt werden." Steve sah sich um. Es musste doch eine Möglichkeit geben, den Stein von dem Schuttberg zu befreien, auch wenn sie nur zu zweit waren. Steve erinnerte sich, dass sie im Physikunterricht einmal einen Versuch mit einem Hebel und einem schweren Stein gemacht hatten. Zuerst hatte der Lehrer einen Schüler gebeten, nach vorne zu kommen und mit seinen Händen den Stein vom Fleck zu bewegen. Der Schüler hatte sich mit aller Kraft gegen den Stein gelehnt, um ihn zu bewegen, doch er hatte sich keinen einzigen Zentimeter bewegt. Dann gab der Lehrer ihm eine Brechstange in die Hand, mit der er es erneut versuchen sollte. Der Schüler nahm die Brechstange in die Hand und versuchte, sie unter den Stein zu bekommen. Dann drückte er die Stange mit aller Kraft nach unten, so dass sich der Stein bewegen ließ. Das nannte man Hebelwirkung, hatte der Lehrer ihnen erklärt.

„Ich hab' eine Idee, wie es vielleicht klappen könnte." „Wie?", wollte Fabrice gespannt wissen. „Wir brauchen einen Hebel, mit dem wir den Stein anheben können." Sie suchten auf dem mit Asche bedecktem Boden nach einer Stange, mit der sie den Stein anheben könnten. Plötzlich entdeckte Steve eine Eisenstange, die von Asche eingehüllt auf dem Boden lag. „Das hier müsste funktionieren", sagte Steve und hob die Stange vom Boden auf. Dann befreite er sie von der Asche und lief damit zu Fabrice. „Was ist, wenn es schief geht und wir den Stein dadurch nicht herunterbekommen? Dann erschlägt der Stein sie vielleicht..." Steve sah zu dem Stein, der auf dem Schutthaufen lag und dann wieder zu Fabrice.

„Es muss klappen, wir haben keine andere Wahl."

„Warte", sagte Fabrice zu ihm. „Lass es uns zuerst mal an einem anderen Stein versuchen, bevor wir es an dem auf dem Schuttberg anwenden." Steve nickte: „Okay!" Sie suchten nach einem Stein, der in etwa die Größe des auf dem Schutthaufen liegenden Steines hatte. Nach kurzem Suchen fanden sie schließlich einen Stein mit der passenden Größe. Sie legten die Stange unter den Stein, bis sie so unter ihm lag, dass die Stange in der Luft hing. Dann drückten sie mit aller Kraft die Stange nach unten, bis sich der Stein bewegte. Als sie erkannten, dass es klappte, beschlossen sie ihre Kräfte für den Stein auf dem Schutthaufen aufzusparen. Fabrice hielt sich wieder den rechten Arm. Steve hoffte, dass Fabrice noch genügend Kraft hatte, um ihm zu helfen, da er es alleine unmöglich schaffen konnte. Steve nahm die Metallstange und lief damit auf den Schutthaufen zu. Fabrice folgte ihm.

„Okay", sagte Steve „es muss beim ersten Versuch klappen, da jede weitere Bewegung des Steins dazu führen könnte, dass der ganze Schutthaufen instabil wird und der Stein daraufhin herabfällt und sie zerquetscht." Fabrice nickte skeptisch, da er trotz des erfolgreichen Probeversuchs daran zweifelte, dass sie es schaffen würden. Der ganze Schutthaufen war ohnehin schon sehr instabil und sank unter dem Gewicht des Steins weiter nach unten. „Wir müssen uns beeilen", sagte Fabrice. „Der Schutthaufen wird dem Gewicht des Steins nicht mehr lange standhalten." Sie suchten eine geeignete Stelle, an der sie am besten an den Stein herankamen.

Dann legten sie die Metallstange vorsichtig unter den Stein. „Bist du bereit?", fragte Steve „Ja", sagte Fabrice. „Okay, ich zähle auf drei und dann drücken wir die Stange nach unten." Fabrice nickte „Eins, ...zwei, ...drei", sie drückten die Stange mit aller Kraft nach unten, doch der Stein rührte sich nicht. „Los", sagte Fabrice zu ihm „drück weiter!" Sie stemmten sich mit ihrem ganzen Körper gegen die Stange, doch der Stein bewegte sich keinen Millimeter. „Das hat keinen Zweck", sagte Fabrice nach einer Weile. „Der Stein bewegt sich nicht vom Fleck!" Er hielt sich wieder den rechten Arm und sah wütend und erschöpft auf den Stein. „So schaffen wir es nicht," sagte er. „Wir müssen sie irgendwie anders da raus bekommen und zwar schnell. Die Luft zum Atmen wird selbst außerhalb des Schuttberges immer schlechter und unter dem Schutthaufen, werden sie bald ersticken." „Und was schlägst du vor?", fragte ihn Steve. „Wir müssen versuchen, soviel Schutt zu beseitigen, dass wir zu ihnen vordringen können. Ich werde versuchen, eine Stelle zu finden, an der ich in den Schutthaufen hineingelangen kann. Du bleibst hier draußen und sagst mir immer, ob sich der Stein weiter nach unten bewegt oder nicht." Steve sah ihn skeptisch an. „Und was, wenn der Stein herunterfällt, während du dort drinnen bist. Dann wird er dich erschlagen." „Mach dir keine Sorgen, ich passe auf mich auf. Außerdem haben wir keine andere Wahl." Er lief um den Schuttberg herum, um eine passende Stelle zu finden, an der er in den Schutthaufen hineingelangen konnte. „Ich habe eine passende Stelle gefunden." Steve lief zu ihm und sah sich die Stelle an. Von dort konnte man die Verletzten schon sehen. Fabrice beseitigte ein Paar Bretter, die vor der Lücke des Schutthaufens lagen und zwängte sich durch die enge Lücke. „Sei vorsichtig", sagte Steve zu ihm. Im Inneren des Schuttbergs lagen überall Betonblöcke und Bretter. Es war zudem extrem dunkel und die Luft unter dem Schutt war noch schlechter als außerhalb. Der Staub, der von den Betonblöcken herunterbröckelte, erschwerte ebenfalls das Atmen. Steve beobachtete in der Zwischenzeit genau, wie sich der Schutthaufen verhielt und ob sich der Stein weiter nach unten bewegte. Fabrice bewegte sich Zentimeter für Zentimeter durch den engen Gang vorwärts und musste sich immer wieder neue Lücken suchen, die groß genug für ihn waren. Er war inzwischen nur noch etwa zwei Meter von den Verschütteten entfernt und konnte ihre Klageschreie nun deutlicher hören, als sich die Decke des Schutthaufens absenkte und feiner Staub auf Fabrice herunter rieselte. „ Beeil dich", rief Steve „der Stein hat sich gerade weiter nach unten bewegt." „Ich habe es gemerkt", sagte Fabrice zu ihm. Er kroch vorsichtig weiter und kam so mit jedem Zentimeter näher an sie heran. Dann, nach einer gefühlten Ewigkeit, kam er endlich völlig erschöpft bei den Verletzten an. Sie waren teilweise von Schutt eingeklemmt und mussten zuerst davon befreit werden, bevor er sie durch den engen Gang ins Freie bringen konnte. Nun sah er auch, dass der Stein wesentlich größer war, als sie zuerst angenommen hatten, da ein Großteil davon unsichtbar in den Trümmerteilen des Schutthaufens lag. „Ich glaube, ich weiß jetzt, warum wir es nicht geschafft haben, den Stein mit der Eisenstange zu beseitigen", sagte Fabrice zu Steve. „Er ist viel größer, als wir dachten." Er beugte sich zu den verängstigten und schwachen Verletzten vor, um ihre Verletzungen besser einschätzen zu können. „Ich bin jetzt bei den Verletzten angekommen", sagte Fabrice zu Steve. „Okay", sagte Steve zu ihm „Dann kommt jetzt da raus, bevor euch der Stein zerquetscht." Plötzlich bemerkte Fabrice, wie sich der Stein weiter absenkte. Von der Decke rieselte wieder Staub auf ihn und die Verletzten herab. Sofort fingen die Verletzten wieder an vor Entsetzen zu schreien und zu weinen. „Ich werde sie jetzt da rausholen", sagte Fabrice zu ihnen. „Sie müssen mir jetzt zuhören. Sie dürfen keine hektischen Bewegungen machen, ansonsten fällt der ganze Schutt auf uns herunter." Die Verletzten sahen ihn mit ängstlichen Augen an. Sie waren sehr schwach und ihre Gesichter waren vom herabfallenden Schutt ganz grau. Doch sie nickten schwach. Dann deuteten sie auf den kleinen Jungen, den Fabrice zuerst retten sollte. Er blutete am Kopf und hatte Schnittwunden an den Armen und Beinen. Doch er war zum Glück nicht eingeklemmt, so dass ihn Fabrice gleich durch den engen Gang retten konnte. Er fragte ihn, ob er in der Lage war, mit ihm durch den engen Gang ins Freie zu kriechen. Als er schwach nickte, kroch er vorsichtig mit ihm durch den Gang nach draußen. Als sie noch etwa einen halben Meter vom Eingang entfernt waren, senkte sich der Schutthaufen plötzlich weiter ab. Steve, der vor dem Eingang stand, half dem verletzten Jungen aus dem engen Spalt. „Los, geh wieder zurück und kümmere dich um die anderen ich schaffe das schon", sagte Steve zu Fabrice. „Okay", sagte dieser und zwängte sich vorsichtig wieder durch den Gang zurück zu den anderen Verletzten, die schon auf ihn warteten. Sie waren im Gegensatz zu dem Jungen vom Schutt eingeklemmt und mussten zuerst davon befreit werden. Vorsichtig nahm Fabrice einen Stein vom Bein der verletzten Frau herunter, die dabei vor Schmerzen das Gesicht verzog. Dann bemerkte sie, dass auch Fabrice verletzt war und war erstaunt darüber, dass er es trotz seines verletzten Armes schaffte, sie von dem Schutt zu befreien. Fabrice merkte, dass die Frau ihn mit großen Augen ansah. Das Bein der Frau war vermutlich gebrochen, da sie vor Schmerzen ihr Gesicht verzog, als sie versuchte, das Bein zu bewegen. Als er sie von dem restlichen Schutt befreit hatte, war Fabrice völlig erschöpft. Er überlegte, wie er sie am besten durch den engen Gang nach draußen bringen könnte. Plötzlich bewegte sich der Schutthaufen erneut nach unten, dieses Mal jedoch stärker als die Male zuvor. Jede Menge Staub und kleine Steine fielen nun von der Decke auf sie herab. „Beeil dich", rief Steve von außen. Die Decke hält dem Gewicht des Steins nicht mehr lange stand." Er nahm die Frau an den Armen und zog sie langsam und vorsichtig hinter sich her durch den Gang. Dabei achtete er genau darauf, dass sie mit dem Bein nirgendwo hängen blieb. Zudem musste er dieses Mal rückwärts durch den engen Tunnel kriechen, um das Bein im Auge zu behalten. Dabei musste er alle paar Sekunden nach vorne schauen, damit er nirgendwo anstieß. Nach qualvollen Minuten kam er mit der Frau endlich am Eingang des Schutthaufens an. Er war vollkommen fertig und konnte kaum mehr atmen, so schlecht war die Luft. Steve half der Frau am Ausgang des Schutthaufens aus dem engen Spalt heraus, während Fabrice zum letzten Mal den Gang wieder nach hinten kroch, um den letzten Verletzten zu holen. Die Decke des Schuttberges war inzwischen nur noch knapp einen halben Meter hoch und eine weitere Absenkung der Decke würde unmöglich machen, durch den Kanal ins Freie zu gelangen. Als er bei dem verletzten Mann ankam, hing der Stein schon bedrohlich weit herunter. Fabrice konnte die Bretter sehen, die das Gewicht des Steines hielten und schon ziemlich weit durchgebogen waren. Er musste sich beeilen, denn der Stein könnte jeden Moment herunterfallen. Der Mann war mit seinem linken Arm zwischen zwei Steinen eingeklemmt. Fabrice versuchte mit seiner Hand den oberen Stein zu beseitigen, doch er hing fest. Die Decke des Schutthaufens kam plötzlich weiter herunter und Fabrice sah, wie sich der Stein weiter nach unten bewegte. Wieder rieselte Staub von der Decke auf sie herab. Fabrice versuchte mit aller Kraft, den Stein zu bewegen. „Wo bleibt ihr?", rief Steve panisch. „Der Stein kann jeden Moment herunterfallen." Fabrice stemmte sich nun mit aller Kraft gegen den Stein. Plötzlich bewegte er sich. Fabrice drückte weiter gegen ihn, bis er von dem Arm des Verletzten herunterfiel, sodass dieser frei war. Er sah, wie der Stein immer weiter hinab rutschte. Er packte sich den Mann und schleppte ihn hinter sich her durch den engen Kanal. Plötzlich hörte Fabrice ein Knacken. Dann sah er, wie die Decke immer weiter absank und ihnen immer näherkam. Geistesgegenwärtig nahm er den Mann und drehte sich mit ihm einmal um die eigene Achse, sodass dieser nun vor ihm war. Dann hörte er Steve, wie er schrie, dass sie sich beeilen sollen. Dann hörte er das Geräusch, von dem er gehofft hatte, es nicht hören zu müssen. Er hörte, wie der Stein durch das Brechen der Bretter auf den Boden schlug und die ganze Decke mit sich riss. Er sah, wie hinter ihnen eine Staubwolke durch den engen Kanal raste und direkt auf sie zu rollte. Die Decke hinter ihnen krachte auf den Boden. „Schneller", rief Steve voller Panik. Fabrice packte den Mann und schob ihn mit aller Kraft so schnell er konnte zum Ausgang. Steve half dem Verletzten sofort aus dem engen Spalt. Als Fabrice gerade am Ausgang angelangt war und Steve ihm schon den Arm entgegenstreckte krachte die Decke auf seine Füße. „Nein", schrie Steve und wollte ihn noch herausziehen, doch die Decke war inzwischen auf Fabrice gefallen und begrub ihn unter sich. Eine mächtige Staubwolke schoss ihnen entgegen, sodass sie die Hände vor ihr Gesicht nehmen mussten, um den Staub nicht ins Gesicht zu bekommen. Steve stand fassungslos und geschockt vor dem Schutthaufen und betrachtete ihn mit tränenden Augen. „Warum, konnte dieser verdammte Stein nicht zehn Sekunden später herunterfallen." Wütend hob er einen Stein vom Boden auf und warf ihn gegen den

Schutthaufen. Die Verletzten, die Fabrice eben noch aus dem Schutthaufen gerettet hatte, sahen ebenfalls geschockt auf den zusammengefallenen Trümmerhaufen. Der Mann, den Fabrice als letztes gerettet hatte, legte seinen Arm auf Steves Schulter und versuchte, ihn zu trösten. „Ich hätte ihn schneller rausziehen sollen", sagte Steve wütend. Nachdem sie noch eine Weile dort standen und den Trümmerhaufen ansahen, beschloss Steve wieder zu den anderen zurückzukehren, da sie sich bestimmt schon Sorgen machten. Die Ascheschicht war inzwischen über einem halben Meter hoch und es rieselte weiter ununterbrochen Asche vom Himmel auf sie herunter. Steve musste zusammen mit dem Mann die verletzte Frau stützen, da ihr Bein durch den Schutt verletzt wurde und sie nicht gehen konnte. Das Kind, lief ihnen geschockt und entkräftet hinterher. Steve konnte es immer noch nicht fassen, dass Fabrice tot war. Obwohl er ihn kaum gekannt hatte, waren sie bei der Bergung der Verletzten aus dem Schutthaufen ein gutes Team gewesen.

KAPITEL XVIII

III STUNDEN NACH DER ERSTEN ERUPTION

Sie kamen nur sehr langsam voran, da sie immer wieder kurze Pausen machen mussten. Steve sah, wie schwach die Verletzten waren und keuchend und nach Luft schnappend stehen blieben. Es war nahezu unmöglich, sich alleine um drei Verletzte zu kümmern, die mit ihren Kräften am Ende waren und vermutlich nicht mehr lange durchhielten. „Hilfe", schrie Steve, „ich brauche Hilfe!" Plötzlich hörte Steve, wie eine Stimme zurückschrie. Es war Lisa. „Steve", schrie sie „halte durch, wir kommen und helfen euch." „Mama", sagte Lisa „Sie haben noch weitere Personen gefunden und brauchen unsere Hilfe." „Okay", sagte sie, „du bleibst hier und siehst nach den Verletzten. Ich gehe zu Steve und Fabrice und helfe ihnen." Lisa nickte. „Okay!" Als Lisas Mutter bei Steve und den Verletzten ankam, bemerkte sie auf einmal, dass Fabrice nicht bei ihnen war. „Wo ist Fabrice?", fragte Sie Steve verwundert. Steve schaute sie traurig an. „Fabrice ist bei der Rettung ums Leben gekommen. Als er versuchte, die Verletzten durch einen engen Gang ins Freie zu holen, fiel der Schutt auf ihn herab und begrub ihn unter sich." Lisas Mutter sah ihn entsetzt an. „Das ist ja schrecklich", sagte sie. Sie wandte sich von ihm ab, damit er ihre Tränen nicht sehen konnte und kümmerte sich um die Verletzten. Dann half sie Steve, die verletzte Frau zu stützen und sie gingen gemeinsam zu Lisa zurück. Als sie bei Lisa angekommen waren, wunderte die sich ebenfalls, dass Fabrice nicht bei ihnen war. Und auch die Verletzten, um die sich Lisa und ihre Mutter gekümmert hatten, wollten wissen, wo Fabrice war. „Wo ist Fabrice?", fragte Lisa verwirrt. Ich dachte, er sei mit Steve mitgegangen, um weitere Verletzte zu suchen." Steve und Lisas Mutter sahen sich skeptisch an. Dann sagte Steve mit bedrückter Stimme: „Fabrice ist bei der Rettungsaktion ums Leben gekommen." Lisa sah ihn geschockt und ungläubig an. „Was, Fabrice ist tot?" Auch Fabrice' Angehörige hatten inzwischen verstanden, dass Fabrice bei der Rettung gestorben war und fingen an, zu weinen. „Es tut mir so leid", sagte Steve, als er sah, wie sie ihn mit Tränen in den Augen ansahen. Lisa und ihre Mutter versuchten, die weinenden Verletzten zu beruhigen und sprachen ihnen ihr Beileid aus. Dann sagte Lisas Mutter plötzlich zu ihnen: „Wir müssen zum Hotel laufen. Dort sind wir besser gegen die herunterfallende Asche geschützt. Außerdem ist es das einzige Gebäude auf der Insel, das noch steht." „Aber Onkel Larry hat doch zu uns gesagt, dass wir hierbleiben sollen," sagte Lisa. „Onkel Larry ist klug", sagte sie zu ihr. „Er wird uns dort schon finden." „Außerdem können dort die Rettungsflugzeuge auf dem Dach landen." Sie sah Lisa an. Diese erwiderte ihren Blick. Sie wusste, dass sie selbst nicht daran glaubte. Aber auch wenn es für die Verletzten einen riesigen Kraftaufwand bedeutete, wären sie dort wenigstens besser geschützt, als in einem zerfallenen Haus, in das die Asche ungehindert eindringen konnte. Lisa nickte. „Okay", sagte sie, „versuchen wir es." Lisas Mutter half ihr aufzustehen, was mit einem gebrochenen

Bein und ohne Krücken nicht gerade einfach war. Dann befahl sie Steve, den anderen Verletzten zu helfen. Als endlich alle Verletzten auf den Beinen waren, brachen sie langsam zum Hotel auf. Dabei flog ihnen immer wieder Asche ins Gesicht, sodass jeder Atemzug schwerfiel und sie immer wieder Pausen einlegen mussten, um sich etwas zu erholen. „Ich kann nicht mehr", sagte Steve. Er hatte den ganzen Weg die verletzte Frau gestützt, die Fabrice aus dem Schuttberg gerettet hatte. Auch die anderen waren durch die Wanderung durch die Asche ziemlich erschöpft und rangen nach Luft. „Es kann nicht mehr weit sein", sagte Lisas Mutter. Sie sah sich um, doch durch die herunterfallende Asche war die Sicht so schlecht, dass man kaum weiter als zehn Meter sehen konnte. „Da", schrie Lisa auf einmal und deutete mit ihrer Hand auf einen großen rechteckigen Schatten, welcher durch die Asche nur schwach zu erkennen war. „Das muss das Hotel sein", sagte Lisas Mutter. „Wir haben es gleich geschafft." Die Verletzten, die keinen Schritt mehr gehen wollten, waren nun wie ausgewechselt und wollten so schnell wie möglich beim Hotel ankommen. Auch Steve, der gerade total erschöpft stehen geblieben war, schien weiterlaufen zu wollen. Ein paar Minuten später kamen sie dann endlich erschöpft, aber glücklich, dass sie es geschafft hatten, beim Hotel an. Sie liefen durch den Eingang des Hotels und blieben dann an der Treppe stehen, die vom Erdgeschoss zum ersten Stock des Hotels führte und setzten sich erleichtert auf die Stufen. Die Wand des Hotels war noch durch die Flutwelle feucht und auch die Treppenstufen zeigten noch Spuren der Flutwelle. Am Boden des Hotels konnte man noch einzelne Pfützen erkennen. In einer Pütze lag sogar noch der Kronleuchter, der bei dem Erdbeben von der Decke gefallen war und ein Loch in der Decke zum ersten Geschoss verursacht hatte. Als Sie das letzte Mal das Hotel durch den Eingang verlassen hatten, stand das Wasser noch etwa 50cm hoch. Im Hotel gab es keine Asche, da das Dach des Hotels nicht beschädigt worden war. Die Luft im Inneren des Hotels war ebenfalls erheblich besser, als in dem zerfallenen Haus, in dem sie zuvor gewesen waren. Zum ersten Mal war in ihren Gesichtern ein schwacher Hoffnungsschimmer zu erkennen. Auch Lisas Mutter und Steve schienen aufzuatmen.

Kapitel XIX

Währenddessen versuchte Thomas auf dem offenen Meer den Motor wieder anzubekommen, doch so stark er auch an der Zündschnur des Motors zog, der Motor wollte einfach nicht mehr anspringen. „Thomas", sagte Onkel Larry zu ihm. „Das hat keinen Zweck, der Motor hat keinen Sprit mehr. Da hilft es auch nichts wie ein Verrückter an der Zündschnur zu ziehen." Thomas ließ die Zündschnur verärgert los. „Wie wollen wir uns denn ohne Motor fortbewegen?", fragte Thomas Onkel Larry, mit einer Mischung aus Verzweiflung und Wut. Onkel Larry schüttelte niedergeschlagen den Kopf. „Ich weiß es nicht. Wenn wir wenigstens Paddel hätten." Das Boot trieb in der Zwischenzeit durch die Strömung weiter auf das Meer hinaus. Thomas und Onkel Larry sahen sich um, ob sie irgendetwas sehen konnten, das wie ein Flugzeug aussah, was jedoch auf dem offenen Meer ziemlich unwahrscheinlich war. „Ich sehe überhaupt nichts", sagte Thomas verärgert. „Ich sehe nicht einmal eine Insel, auf der das Flugzeug stehen könnte." „Wenn wir Pech haben, könnte die Flutwelle die Insel auch überflutet haben und das Flugzeug könnte dadurch ins Meer geschoben worden sein", sagte Onkel Larry. Er blickte konzentriert über die Wasseroberfläche. „Ich glaube ich sehe etwas, das aus dem Wasser herausragt", sagte Onkel Larry zu Thomas, der Onkel Larry ungläubig ansah. „Da ist nichts", sagte Thomas zu ihm „ich habe doch schon überall nach einem Flugzeug oder nach einer Insel Ausschau gehalten."

„Doch", sagte er zu Thomas und deutete mit seinem Finger auf ein silbernes, undefinierbares Objekt, das in etwa 500 Metern Entfernung aus dem Wasser ragte und in der Sonne leicht glänzte. „Du hast recht", sagte Thomas. „Da ragt etwas aus der Wasseroberfläche." „Und wie sollen wir ohne einen Antrieb zu dem Ding kommen?", fragte Thomas. „Wir könnten unsere Hände als Paddel benutzen", sagte Onkel Larry. Sie gingen jeweils auf eine Seite des Boots und streckten ihre Arme in das warme Meerwasser. Dann begannen sie mit ihren Armen zu paddeln. „Es funktioniert", sagte Thomas, der nun wieder etwas besser gelaunt war. Sie kamen zwar nur langsam voran, aber immerhin kamen sie dem silbernen Objekt, das aus dem Wasser ragte, immer näher. Als sie noch etwa 300 Meter entfernt waren, sahen sie es. Es war das Hinterteil des Flugzeugs. Thomas und Onkel Larry sahen sich an. „Wir haben es tatsächlich geschafft, das Flugzeug zu finden", sagte Thomas. Onkel Larry blickte ihn an. „Ja", sagte er, „wir haben es endlich geschafft." Sie paddelten weiter, bis sie nur noch etwa zehn Meter vom Flugzeug entfernt waren. Nun konnten sie sogar einen Flügel erkennen, der aus dem Wasser ragte. Außer dem Flügel und dem Heck des Flugzeugs befand sich das Flugzeug komplett unter Wasser, was Onkel Larry schon vermutet hatte. „Du hattest recht mit deiner Behauptung", sagte Tomas. Onkel Larry nickte. Er hatte gehofft, dass das Flugzeug noch auf der Insel stehen würde, doch seine Befürchtungen hatten sich erfüllt. „Der Notfallsender muss sich im Cockpit des Flugzeugs befinden", sagte Onkel Larry. Er stand vorsichtig auf, um ins Wasser zu springen. „Was machst du?", wollte Thomas wissen. „Ich versuche, die Tiefe des Wassers herauszufinden, damit ich das Cockpit finden kann", sagte er. Er stützte sich mit den Füßen am Rand des Boots ab und sprang mit einem Kopfsprung ins Wasser. Nach ein paar Sekunden tauchte er wieder auf. „Das Cockpit des Flugzeuges liegt meiner Schätzung zu Folge etwa fünf Meter unter der Wasseroberfläche. Doch es liegt an einem Hang unter Wasser, der vermutlich ein Teil der überfluteten Insel ist und es könnte passieren, dass, wenn wir versuchen in das Cockpit hineinzugelangen, wir das Flugzeug in Bewegung setzen und es uns dann mit in die Tiefe reißt." „Wir müssen es aber versuchen", sagte Thomas zu ihm. Onkel Larry blickte ihn an. „Das ist vielleicht unsere einzige Chance auf Rettung." Onkel Larry sah in seinem Gesicht, wie stark Thomas daran glaubte, dass sie es schaffen konnten und nickte schließlich. „Du hast recht," sagte er. „Es ist unsere einzige Chance." Er zog sein von Asche und Staub bedecktes T-Shirt aus und sagte dann zu ihm. „Ich versuche irgendwie in das Flugzeug hineinzugelangen. Du bleibst hier oben im Boot." Thomas wollte widersprechen, doch Onkel Larry stand schon auf dem Rand des Boots und sprang mit einem Kopfsprung ins Wasser. Thomas beugte sich über den Rand des Boots und streckte seinen Kopf unter Wasser, um Onkel Larry und das Flugzeug im Blick zu haben. Thomas konnte sehen, dass das Flugzeug, wie Onkel Larry zuvor gesagt hatte, an einem Abhang hing, der mehrere hundert Meter in die Tiefe hinabführte. Um das Flugzeug herum schwammen kleine Fische. Er konnte sehen, wie Onkel Larry um das Flugzeug herumschwamm, um eine Öffnung zu finden, durch die er dann in das Flugzeug hineingelangen könnte. Nach einer Minute hob er seinen Kopf wieder aus dem Wasser, um Luft zu holen. Dann streckte er seinen Kopf erneut unter Wasser. Er sah, wie Onkel Larry gerade dabei war, zurück an die Oberfläche zu schwimmen, um ebenfalls Luft zu holen. Als er seinen Kopf aus dem Wasser streckte, schnappte er keuchend nach Luft. Dann, nach ein paar Sekunden, als er wieder genug Luft bekam, sagte er zu ihm: „Es hat keinen Sinn. Ich kann nicht so lange die Luft unter Wasser anhalten, um in das Flugzeug hineinzugelangen, dann das Funkgerät herauszuholen und wieder aus dem Flugzeug hinauszuschwimmen." Thomas half Onkel Larry wieder ins Boot hinein. Er sah, wie niedergeschlagen und enttäuscht er von sich und der Situation war. „Ich werde versuchen in das Flugzeug hineinzugelangen und das Funkgerät zu bergen," sagte Thomas nach einer Weile. „Nein", sagte Onkel Larry, „du schaffst es niemals, so lange die Luft anzuhalten, dass du rechtzeitig wieder an der Wasseroberfläche bist." „Ich muss es versuchen. Für Lisa und die anderen." Thomas stand auf und stellte sich auf den Rand des Boots. „Das ist zu gefährlich", schrie Onkel Larry und wollte ihn noch davon abhalten ins Wasser zu springen, doch Thomas drückte sich mit seinen Füßen vom Rand des Boots ab und sprang, wie Onkel Larry zuvor, mit einem Kopfsprung ins Wasser. „Was für ein Sturkopf", dachte Onkel Larry und beugte sich mit seinem Kopf über den Rand des Boots und streckte, wie zuvor Thomas, seinen Kopf unter Wasser, um ihn beobachten zu können. Thomas spürte mit jedem Meter, den er dem Flugzeug näherkam, wie der Druck auf seine Ohren größer wurde. Er konnte Fische sehen, die an ihm vorbeischwammen und ihn sogar fast berührten. Als er beim Flugzeug ankam, schwamm er an ihm entlang, um eine Öffnung zu finden. „Eigentlich müsste sich ein Notfallsender im Cockpit des Flugzeugs befinden", dachte Thomas und schwamm zum Cockpit. Zu seinem Glück war die Luke des Cockpits so weit geöffnet, dass er hindurch tauchen konnte. Doch dann spürte Thomas, wie die Luft langsam knapp wurde und entschloss sich dazu, zuerst aufzutauchen. Da er nun wusste, wo er in das Flugzeug hineingelangen konnte, konnte er sich unnötiges Umherschwimmen beim zweiten Versuch ersparen und hatte so mehr kostbare Luft zur Verfügung. Als er wieder an der Wasseroberfläche ankam, erzählte er Onkel Larry, dass er einen Eingang in das Cockpit gefunden hatte, in dem sich der Notfallsender befinden könnte. Dann holte er wieder tief Luft und tauchte wieder ab. Als er den Eingang zum Cockpit erreicht hatte, schwamm er durch den Spalt ins Innere des Cockpits. Dort suchte er nach etwas, das aussah, wie ein Notfallsender, doch er konnte nichts als die vielen verschiedenen Schalter zum Bedienen des Flugzeugs auf dem Armaturenbrett erkennen. Dann schwamm er weiter, und suchte an den Wänden des Flugzeugs nach einem Notfallfunkgerät. Er spürte, wie langsam seine Luft zu

Ende ging, doch er wollte erst mit dem Notfallsender in der Hand wieder an der Wasseroberfläche ankommen. Er hörte, wie sein Herz anfing immer stärker zu pochen und wie ihm allmählich schwindelig wurde. Dann entdeckte er plötzlich über den Sitzen an der Decke des Cockpits ein Fach, auf dem „*Emergency*" und „*Push to open*" stand. Thomas schlug mit aller Kraft gegen das Fach, bis es sich öffnete und ein Gerät herausfiel, das auf den Boden des Cockpits sank. Thomas hob es auf und schwamm wieder aus dem Cockpit hinaus. Er sah, wie Onkel Larry seinen Kopf unter Wasser streckte und ihn beobachtete. Wie in Trance schwamm Thomas weiter nach oben. Ihm wurde für kurze Zeit schwarz vor Augen und sein Kopf brummte, als würden tausende Bienen darin hin- und herfliegen. Als er fast schon das Bewusstsein verlor, durchbrach sein Kopf die Wasseroberfläche und er machte sofort reflexartig seinen Mund auf, um nach Luft zu schnappen. Onkel Larry packte ihn an seinem Arm und zog ihn ins Boot hinein. „Du hast es tatsächlich geschafft", sagte er erstaunt. Thomas legte sich auf den Boden des Boots und hechelte nach Luft, als wäre er gerade einen Marathon gelaufen. Dann, als er nach ein paar Minuten wieder etwas zu Kräften gekommen war, gab er Onkel Larry den Notfallsender. Das Funkgerät hatte an der Seite einen roten Knopf, auf dem „*Mayday*" stand. Auf der anderen Seite des Notfallsenders befand sich der Anschaltknopf. Onkel Larry drückte auf den Knopf, doch der kleine Bildschirm auf dem Gerät blieb schwarz. Dann versuchte er es erneut, doch wieder blieb der Bildschirm dunkel.

Nachdem er es noch ein drittes Mal versucht hatte und sich auch bei den anderen Knöpfen keine Reaktion zeigte, gab er niedergeschlagen auf. „Das war's", sagte er. „Das Gerät ist anscheinend nicht wasserdicht, anders kann ich mir nicht erklären, warum es nicht funktioniert." Auch Thomas, der fest daran geglaubt hatte, dass sie es schaffen konnten, war nun komplett mit den Nerven am Ende. Er nahm Onkel Larry das Gerät aus der Hand und drückte mit seiner Hand völlig wahllos auf den Tasten herum. „Jetzt geh endlich an du scheiß Ding", schrie er verzweifelt und schlug mit seiner Hand auf das Gerät ein. „Thomas", rief Onkel Larry nach einer Weile, „das hat keinen Sinn, damit geht das Gerät auch nicht an." Thomas hörte auf und sah ihn mit Tränen in den Augen an. „Wie sollen wir denn ohne Hilfe Lisa und die anderen retten?", schluchzte er. „Wie?", schrie er nun lauter. „Ich weiß es nicht", sagte Onkel Larry mit niedergeschlagener Stimme. Thomas war nun so wütend, dass er das Gerät in die Hand nahm und es ins Meer warf. Dann ließ er sich völlig entkräftet auf seine Knie sinken und blickte mit gesenktem Kopf auf den Boden des Boots.

Kapitel XX

Die zweite Eruption

Plötzlich hörte Onkel Larry ein leises Brummen, das immer lauter wurde und direkt auf sie zuzukommen schien. Er stand auf und blickte in den wolkenlosen Himmel. Dann sah er in einiger Entfernung zwei Helikopter, die geradewegs auf sie zu flogen. „Thomas", rief Onkel Larry, „hörst du das auch?" Thomas stand auf. „Ja", sagte er. „Ich glaube, das ist unsere Rettung", rief Onkel Larry außer sich vor Freude. Dann sah Thomas sie auch. „Wir haben es geschafft", rief Thomas voller Freude und wischte sich die Tränen aus dem Gesicht. Sie winkten nun mit ihren Armen und schrien so laut sie konnten, damit die Helikopter nicht über sie hinwegflogen. „Hier sind wir", schrie Onkel Larry so laut er konnte. Die Helikopter kamen immer näher, bis sie schließlich direkt über ihnen stehen blieben. „Aber wie konnten sie wissen, dass wir Hilfe brauchen?", fragte Thomas. Onkel Larry sah ihn an. „Vermutlich hat es Justus doch noch geschafft, einen Notruf abzusetzen, bevor der Vulkan seine Forschungsstation zerstörte. Bestimmt er mir das am Telefon noch sagen, doch es war schon zu spät." Plötzlich sahen sie, wie sich die Seitentür des Helikopters öffnete und sich ein Mann, der an einem Seil befestigt war, zu ihnen abseilte. Als er nach ein paar Sekunden bei ihnen ankam schwebte er etwa einen Meter über ihnen in der Luft. „Ist jemand verletzt?", fragte er sie schließlich. Onkel Larry und Thomas schüttelten den Kopf. „Nein", sagte

Onkel Larry. „Gut, ich werde euch jetzt nacheinander heraufziehen", sagte er und gab Thomas eine Art Klettergürtel, der mit Schlaufen und Karabinern versehen war. Dann bat er ihn, diesen anzuziehen, damit er ihn mit hinaufziehen konnte. Als Thomas sich den Gürtel übergezogen hatte, hängte der Mann einen Karabiner in Thomas' Gürtel ein. „Gut festhalten", sagte er zu ihm. Dann nahm er sein Funkgerät und gab den Befehl zum Hochziehen. Ein paar Sekunden später wurden sie nach oben gezogen. Der Mann hielt Thomas zusätzlich fest, damit er nicht wie ein nasser Sack nach unten hing. Thomas sah nach unten, wo der Wind der Rotorblätter das Boot zum Schaukeln brachte. Er konnte den Wind in seinem Gesicht spüren, der mit jedem Meter, den sie näher an den Helikopter herankamen, stärker wurde. Dazu kam noch dieser ohrenbetäubende Lärm, den die Rotorblätter verursachten. Als sie schließlich oben ankamen, löste der Mann den Karabiner aus Thomas' Gürtel. Dann befahl er ihm, den Gürtel wieder auszuziehen. Als er fertig war, nahm er den Gürtel in die Hand und seilte sich erneut ab, um Onkel Larry zu holen, der schon auf ihn wartete. Ein paar Minuten später kam auch Onkel Larry beim Helikopter an. Als Sie schließlich beide im Inneren des Helikopters waren, wurde die Türe wieder verschlossen. „Setzt euch auf die Sitze und legt die Sicherheitsgurte an, damit wir losfliegen können", sagte der Mann, ging ins Cockpit und setzte sich neben den Piloten. Thomas und Onkel Larry setzten sich auf die Sitze und legten den Sicherheitsgurt an. „Glaubst du, sie sind

noch am Leben?", fragte Thomas Onkel Larry besorgt.
„Mach dir keine Sorgen. Ihnen wird schon nichts passiert
sein", sagte er. „Das hoffe ich jedenfalls", murmelte er
noch leise, sodass es Thomas nicht hören konnte. Plötzlich
gab es einen gewaltigen Knall. Sofort sahen Thomas und
Onkel Larry aus dem Fenster. Sie wussten beide, dass der
Knall durch eine weitere Eruption des Vulkans entstanden
war. Durch die graue Aschewolke konnte man jedoch nur
ein rotes Leuchten erkennen. „Es ist noch nicht vorbei",
flüsterte Onkel Larry. „Im Gegenteil, ich befürchte, dass
uns das Schlimmste noch bevorsteht." Sie sahen aus dem
Fenster. Sie hatten inzwischen die Aschewolke erreicht
und flogen direkt in sie hinein. Aus den Fenstern konnte
man nur einen grauen Nebel erkennen, in dem die Asche
wie bei einem Schneesturm gegen die Scheibe schlug.
Plötzlich sah Thomas etwas rot Leuchtendes an seinem
Fenster vorbeifliegen, das nur knapp den Helikopter
verfehlte. „Was ist das?", fragte Thomas panisch. „Das
sind Lavabomben", sagte Onkel Larry. Wenn sie etwas
treffen, explodieren sie wie eine Bombe und sie sind so
heiß, dass alles, was mit ihnen in Kontakt gerät, Feuer
fängt." „Ich bitte Sie, sich gut festzuhalten. Es könnte in
den nächsten Minuten etwas holperig werden," rief der
Pilot aus dem Cockpit. Man konnte es sich wie eine Art
Völkerball vorstellen, bei dem man der letzte Spieler einer
Mannschaft auf dem Feld war und die gegnerische
Mannschaft versucht einen zu treffen. Mit dem
Unterschied, dass bei einem Treffer der Helikopter
zerstört wird und die Bälle aus einer Mischung aus Lava

und Gestein bestanden. Je näher sie der Insel kamen,
desto mehr Lavabomben flogen an ihnen vorbei…

Kapitel XXI

„Was war das?", fragte Lisa angespannt und schaute sich um. Auch die anderen sahen sich panisch um, um zu sehen, woher der gewaltige Knall gekommen war. Doch sie konnten nichts erkennen. Plötzlich schlug eine Lavabombe in das oberste Geschoss des Hotels ein und setzte es in Brand. Lisa und die anderen schrien auf und zuckten vor Schreck zusammen. Durch die Erschütterung des Einschlags bröselte Staub von der Decke auf sie herab. Entsetzt sahen sie nach oben, wo aus dem obersten Stockwerk ein schwaches, rotes Flimmern zu sehen war. „Das Hotel brennt," schrie Steve voller Panik. Rauch kam aus dem Flur des Stockwerks herunter und verteilte sich langsam im kompletten Gebäude. „Wir müssen das Feuer löschen," schrie Lisa. „Sonst brennt in ein paar Minuten das ganze Hotel und dann gibt es keine andere Möglichkeit mehr, uns vor der Asche zu schützen." „Sie hat recht", sagte Lisas Mutter. „Wir müssen versuchen, das Feuer zu löschen, wenn wir überleben wollen." „Steve, du kommst mit und hilfst mir dabei." Steve sah sie mit einer Mischung aus Furcht und Ungläubigkeit an. „Steve", sagte Lisa zu ihm. „Das ist unsere einzige Chance, zu überleben und du bist der Einzige, der außer meiner Mutter nicht verletzt ist." Steve blickte sie an und nickte. „Du hast recht", sagte er schließlich. „Aber wie sollen wir das Feuer löschen?", fragte er. „Selbst wenn wir etwas finden würden, mit dem wir das Wasser nach oben transportieren könnten, müssten wir jedes Mal wieder nach unten kommen und wieder neues Wasser holen." Sie blickten nach oben. Inzwischen stieg immer mehr Rauch aus dem obersten Stockwerk. „Wir müssen es wenigstens versuchen, ansonsten überleben wir nicht mehr lange. Komm mit", sagte Lisas Mutter zu Steve und lief die feuchten Treppen hinab zum Kronleuchter, der in einer Pfütze lag. Steve folgte ihr. Als sie unten ankamen suchten sie nach etwas, womit sie das Wasser transportieren könnten, doch es lagen überall nur Steine und Bretter auf dem Boden herum. „Es ist zwecklos", sagte Steve nach kurzer Zeit. „Es gibt nichts, womit wir das Wasser transportieren könnten." Das Feuer breitete sich immer weiter aus und man konnte vereinzelt sogar schon Flammen erkennen, die aus dem letzten Stockwerk des Hotels züngelten. Niedergeschlagen sahen sie nach oben. „Du hast recht", sagte Lisas Mutter nach einer Weile. „Das Feuer ist schon zu groß, um es noch löschen zu können." Sie liefen niedergeschlagen die Treppen nach oben, bis sie wieder bei den anderen ankamen. Lisa blickte sie mit fragendem Blick an. „Es hat keinen Zweck", sagte ihre Mutter zu ihr. „Das Feuer ist schon zu groß." Lisa blickte Sie mit tränenden Augen an. „Ich will aber noch nicht sterben", schluchzte sie. Ihre Mutter setzte sich neben sie auf die Treppe und versuchte, sie zu trösten, indem sie ihre Arme um sie legte. „Wir werden nicht sterben", sagte sie zu ihr. „Onkel Larry und Thomas werden bestimmt bald mit einem Rettungshubschrauber zurückkommen, der uns dann in Sicherheit bringt."

Kapitel XXII

XV Minuten nach der zweiten Eruption

Der Rettungshubschrauber wackelte hin und her. Thomas und Onkel Larry wurden wie bei einer Achterbahnfahrt herumgeschleudert. Inzwischen waren sie der Insel schon ein gutes Stück nähergekommen. Plötzlich sagte der Pilot durch sein Mikrofon: „Wir erreichen in etwa fünf Minuten die Insel." Thomas und Onkel Larry blickten aus den Fenstern. Die Lavabrocken waren inzwischen größer geworden und damit auch das Risiko, getroffen zu werden. Zudem hatte sich ihre Anzahl ebenfalls stark erhöht. Plötzlich zog der Helikopter stark nach rechts, so dass Thomas und Onkel Larry fast gegen die rechte Fensterscheibe des Helikopters knallten. Dann sahen sie wie eine große Lavabombe am linken Fenster des Helikopters vorbeiflog und ihn nur um Haaresbreite verfehlte. „Das war knapp", sagte Onkel Larry. Dann zog der Helikopter auf einmal nach links und wieder knallten Onkel Larry und Thomas fast gegen die Scheibe. Wieder flog eine Lavabombe knapp am Helikopter vorbei. „Wenn wir das überleben", sagte Onkel Larry, „dann will ich nie wieder fliegen." Sie sahen aus dem Fenster. Sie waren inzwischen nur noch wenige hundert Meter von der Insel entfernt. Auf einmal blickte Onkel Larry mit zusammengekniffenen Augen aus dem Fenster. Dann riss er seine Augen weit auf, als habe er gerade einen Geist gesehen. „Oh mein Gott", sagte er schließlich. „Was ist los?", wollte Thomas wissen. „Ich glaube, wir müssen uns beeilen", sagte er mit panischer Stimme. Thomas sah zum Fenster hinaus, doch er konnte nichts als die vorbeifliegenden Lavabrocken und herunterfallende Asche erkennen. „Was ist da draußen?", fragte er Onkel Larry, „ich kann überhaupt nichts erkennen." Onkel Larry seufzte. „Ich glaube ein pyroklastischer Strom, also eine riesige Aschewolke, bewegt sich direkt auf die Insel zu." Thomas sah ihn fassungslos an. „Wie schnell bewegt sich so eine Wolke?", wollte er wissen. „Ein pyroklastischer Strom besteht aus Gasen, Geröll und Lava. Er kann mehrere hundert Grad Celsius heiß werden und bewegt sich mit etwa 300 Kilometern pro Stunde voran." „Was passiert, wenn die Wolke die Insel trifft?", wollte Thomas wissen, obwohl er die Antwort bereits erahnen konnte. „Sie wird alles zerstören, was sich ihr in den Weg stellt. So ein pyroklastischer Strom war die Hauptursache der Zerstörung von Pompeji und auch von Tambora im Jahre 1815." Thomas blickte ihn entsetzt an. „Wie viel Zeit haben wir noch, bis sie die Insel erreicht?", fragte ihn Thomas. Onkel Larry seufzte. „Wie lange?", fragte ihn Thomas erneut, dieses Mal jedoch wütender. Seine Stimme zitterte und Onkel Larry konnte seine feuchten Augen sehen. Er seufzte erneut, bevor er zu ihm sagte: „Wir haben vielleicht nur noch etwa zehn bis fünfzehn Minuten, bis die Gaswolke die Insel erreicht." „Wir haben die Insel nun erreicht", sagte der Pilot aus dem Cockpit. Sofort sahen Thomas und Onkel Larry aus den Fenstern, um etwas zu erkennen. Der Hubschrauber hatte inzwischen seine Flughöhe deutlich verringert und flog nun nur noch etwa 50 Meter über dem Boden. Die Frontscheinwerfer des Hubschraubers erhellten nun den Boden, der dennoch nur schlecht zu erkennen war. Die Ascheschicht war inzwischen fast einen Meter hoch. „Sie müssen zum Hotel gelaufen sein," sagte Onkel Larry. „Denn es ist das einzige Gebäude der Insel, das noch einigermaßen steht und es ist der beste Platz um jemanden zu retten, da man es am leichtesten findet und man auf dem Dach des Hotels landen kann." „Sie müssen zum Hotel der Insel fliegen", sagte Onkel Larry zu den Piloten. „Okay", sagte einer der Piloten. „Wir nehmen nun Kurs auf das Hotel." Thomas und Onkel Larry hörten wie einer der Piloten über Funk den Befehl zu dem zweiten Helikopter weiterleitete, der etwa 20 Meter neben ihnen flog. Kurze Zeit später erkannten sie einen großen Schatten zwischen den zerstörten Häusern. „Da ist es", sagte Onkel Larry und sah Thomas glücklich an. „Wir haben es geschafft", sagte er. Thomas blickte aus dem Fenster. Er sah, wie etwas Rotes aus dem oberen Geschoss des Hotels leuchtete. „Ich glaube das Hotel brennt", sagte Thomas zu ihm. Onkel Larry blickte aus dem Fenster und sah ebenfalls etwas Rotes aus dem Hotel leuchten. Plötzlich merkten sie, wie der Helikopter stoppte und einer der Piloten aus dem Cockpit herauskam. „Wir können nicht auf dem Dach des Hotels landen, wenn es brennt." Onkel Larry nickte. „Wir werden stattdessen versuchen sie über das Rettungsseil zu bergen." Onkel Larry nickte erneut. „Okay", sagte er zu

ihm, „wir werden ihnen helfen, die Verletzten zu bergen."
„Ich weiß nicht, ob das eine so gute Idee ist", sagte der
Pilot. „Bitte", sagte Thomas. Der Pilot schaute in Thomas
Gesicht, das ihn verzweifelt ansah. „Na gut", sagte er
schließlich. Er nahm zwei Sicherheitswesten von der Wand
des Helikopters herunter und gab eine davon Thomas.
Wie zuvor bei ihrer Rettung auf dem Meer musste Thomas
ihn anlegen und sich mit seinem Karabiner in den
Rettungsgurt des Piloten einhängen. Dann befestigte sich
der Pilot mit seinem Karabiner an dem Seil. Auf sein
Kommando hin ließ der zweite Pilot sie nach unten. Als sie
am Boden angekommen waren, spürten sie erst, wie hoch
die Asche bereits geworden war. Der Pilot sagte Thomas,
dass er den Karabiner nun lösen könne. Dies ließ sich
Thomas nicht zweimal sagen. Er löste seinen Karabiner
von dem Rettungsgurt des Piloten. Er wollte schon zum
Hoteleingang losrennen, als er ihn noch einmal stoppte.
„Du hilfst den Verletzten aus dem Hotel und bringst sie zu
mir. Ich werde sie dann mit der Trage nach oben bringen,
okay?" Thomas nickte ihm zu und rannte anschließend so
schnell er konnte in Richtung Hoteleingang.

Kapitel XXIII

XXX Minuten nach der zweiten Eruption

„Hört ihr das auch?", fragte Steve die anderen. Sie blickten Steve an. „Was meinst du?", fragte Lisas Mutter ihn. „Da schreit doch jemand." Plötzlich kam Thomas durch den Hoteleingang gerannt. Als Lisa ihn sah, leuchteten ihre Augen. „Thomas", schrie sie voller Freude. Thomas rannte die Treppenstufen hinauf und umarmte sie. „Du hast es tatsächlich geschafft", sagte sie. „Ich hatte solche Angst um dich!" „Und ich erst", sagte Thomas erleichtert. Auch die anderen waren froh, Thomas zu sehen. Auch die, die ihn zuvor noch nie gesehen hatten ahnten, dass sie nun gerettet werden würden. „Das ist ja alles schön und gut", sagte Steve auf einmal, „aber wir müssen uns jetzt beeilen." Thomas sah ihn etwas finster an. Er wusste, dass er es nicht ertragen konnte, wenn er mit Lisa zusammen war. Doch andererseits hatte er auch recht, da der pyroklastische Strom der Insel immer näher kam. „Steve hat recht", sagte Thomas, „wir müssen uns beeilen. Vor dem Hotel warten zwei Rettungshubschrauber auf uns, die uns hier rausholen." Er half Lisa, die Treppen hinunter zu steigen. Als er unten ankam, befahl er Steve und Lisas Mutter, den anderen Verletzten zu helfen und ihm zu folgen. Ohne Widerrede folgten Steve und Lisas Mutter Thomas' Befehl. Die oberen Stockwerke des Hotels standen mittlerweile lichterloh in Flammen. Als alle unten angekommen waren, liefen sie Thomas hinterher auf den Helikopter zu. Als sie beim Helikopter ankamen, wartete der Pilot bereits ungeduldig mit der Rettungstrage auf sie. „Zuerst wird das Kind geborgen", sagte der Pilot zu ihnen, als sie angekommen waren. Der kleine Junge, den Steve gerettete hatte, wurde somit zuerst von der Trage nach oben transportiert. Der verletzte Vater übergab dem Piloten das Kind, der es in die Trage legte und mit Sicherheitsgurten sicherte. Es war inzwischen sehr schwach und musste dringend versorgt werden. Dann gab er dem anderen Piloten im Cockpit den Befehl, die Trage nach oben zu ziehen. Als der Junge oben ankam, holten Onkel Larry und der andere Pilot ihn aus der Trage. Anschließend ließen sie die Trage wieder nach unten. Lisa war die nächste, die von der Trage nach oben transportiert wurde. Wieder halfen Onkel Larry und der andere Pilot ihr aus der Trage. Onkel Larry blickte in die Ferne und sah, wie die Gaswolke immer näherkam. „Das geht viel zu langsam", murmelte Onkel Larry. „Wenn wir mit diesem Tempo weitermachen, dann schaffen wir es nicht, bevor die Gaswolke die Insel erreicht." „Warum benutzen wir nur einen Rettungshubschrauber wenn wir zwei haben?", fragte er den Piloten ärgerlich. Der Pilot sah ihn an und sagte zu ihm: „Wir machen zuerst den einen voll und dann den anderen." Onkel Larry musste sich beherrschen. „Hören Sie", sagte er, „ein mehrerer hundert Grad heißer pyroklastischer Strom nähert sich der Insel mit großer Geschwindigkeit und wird alles zerstören, was sich auf seinem Weg befindet. Deshalb würde ich Sie bitten, den anderen zu sagen, dass sie sich auch an der Rettung beteiligen sollen." Der Pilot sah ihn völlig entgeistert an. Dann stolperte er ins Cockpit und gab über das Funkgerät dem anderen Helikopter die Anweisung zur Rettung durch. Kurze Zeit später kam er wieder zurück und gab dem anderen Piloten auf dem Boden ein Zeichen, dass der andere Helikopter sich nun auch an der Rettung beteiligte. Der Pilot am Boden bat Steve und Lisas Mutter zum anderen Hubschrauber zu gehen. Dann befahl er ihnen, noch zwei weitere Verletzte mitzunehmen. In der Zwischenzeit halfen Thomas und der Pilot den letzten Verletzten in die Trage. Als alle Verletzten im Hubschrauber waren befahl er Thomas, zum zweiten Hubschrauber zu gehen, da dieser voll war. Thomas lief zum zweiten Helikopter und wartete bis die Trage nach unten kam. Er war mit dem Piloten der letzte, der noch am Boden war. Als die Trage gerade bei Thomas ankam und er sich gerade angurten wollte, traf eine Lavabombe das Heck des Hubschraubers. Der Hubschraube machte einen Ruck nach oben, wobei die Trage hin und her geschleudert wurde. Der Pilot versuchte noch die Trage festzuhalten, doch er wurde durch die Wucht der Trage nach hinten geworfen. Thomas konnte sich nicht mehr halten und wurde aus der Trage herausgeschleudert und knallte mit dem Kopf auf den Boden. Die Lavabombe hatte die hinteren Rotorblätter beschädigt, weshalb der Helikopter einen Satz nach oben machte. Durch die ruckartige Bewegung riss das Seil, an dem die Trage befestigt war und sie krachte auf den Boden. Der

Helikopter trudelte für kurze Zeit in der Luft, wobei Steve und die anderen aufschrien. Nach kurzer Zeit bekam der Pilot den Helikopter jedoch wieder unter Kontrolle. Der Pilot am Boden, der durch die Wucht der Trage nach hinten geschleudert wurde, rappelte sich wieder auf, bevor er Thomas bewusstlos am Boden liegen sah. Er blutete am Kopf und musste schnell ins Krankenhaus gebracht werden. Er Funkte den anderen Piloten an. „Das Seil ist gerissen. Etwas hat den Heckmotor des Helikopters getroffen. Er ist daraufhin ins Trudeln geraten und hat den Jungen dabei aus der Trage geworfen. Ich wollte sie noch festhalten, doch die Trage schwang so stark hin und her, dass sie mich umgeworfen hatte. Dann konnte das Seil die Belastung nicht mehr tragen und es ist gerissen." Der Pilot sah auf Thomas herunter. „Wir retten ihn mit unserem Hubschrauber", funkte er zurück. „Alles klar", antwortete der Pilot und trug Thomas anschließend zum ersten Helikopter. „Du kannst die Trage herunterlassen", funkte der Pilot. „Alles klar." „Was ist los?", wollte Onkel Larry wissen. „Ich dachte wir sind voll." „Bei dem anderen Helikopter ist das Seil gerissen und jemand ist aus der Trage gefallen und hat sich verletzt." Onkel Larry spührte sofort, dass es Thomas sein musste, der sich verletzt hatte. Er eilte zur Tür des Helikopters und riss sie auf. Das erste was er sah, war Thomas, der bewusstlos in den Armen des Piloten lag. Dann blickte er an den Horizont. Die Gaswolke hatte inzwischen den Rand der Insel erreicht und kam nun direkt auf sie zu. „Wir müssen uns beeilen", sagte Onkel Larry. Der Pilot hängte die Trage in das Seil ein. Onkel Larry wurde immer nervöser. Als der Pilot die Trage eingehängt hatte lief er ins Cockpit und betätigte den Knopf, der die Trage nach unten ließ. Onkel Larry hielt von nun an seinen Blick auf den Horizont gerichtet. Die Gaswolke war inzwischen so nah, dass man sie gut erkennen konnte. „Wir haben nicht mehr viel Zeit bis uns die Aschewolke erreicht", schrie Onkel Larry. Als die Trage am Boden ankam, legte der Pilot Thomas in die Trage hinein und spannte die Sicherheitsgurte. Dann befahl er dem Piloten, die Trage nach oben zu ziehen. Die Gaswolke war nun nur noch etwa 500 Meter von ihnen entfernt. Als die Trage oben ankam, spannten sie sie aus dem Seil aus und legten sie auf den Boden des Helikopters. „Thomas, nein", schrie Lisa, als sie Thomas bewusstlos in der Trage liegen sah. Sie fing an zu weinen und beugte sich zu ihm herunter. „Thomas, du darfst nicht sterben," schluchzte sie. Onkel Larry lief zu ihr und versuchte sie zu trösten. „Er wird nicht sterben, hörst du. Wir werden ihn in ein Krankenhaus bringen, wo er behandelt werden kann." Sie schluchzte. Dann wandte Onkel Larry sich wieder von Lisa ab. Die Gaswolke war inzwischen nur noch 200 Meter entfernt. Onkel Larry sah entsetzt nach unten zu dem Piloten, der die herannahende Gaswolke inzwischen auch bemerkt hatte. Er erwiderte Onkel Larrys Blick. Dann nahm er das Funkgerät und gab den Piloten in den Helikoptern den Befehl, loszufliegen. Onkel Larry sah ihn geschockt an. Er sah, wie die Gaswolke immer weiter voranschritt und alles zerstörte was sich auf ihrem Weg befand. Dann sah er wieder zu dem Piloten hinab, der ihm

zunickte. „Wir müssen jetzt fliegen", sagte der Pilot. „Ja
ich weiß", sagte Onkel Larry. Er blickte zum letzten Mal
nach unten zu dem Piloten, der sein Leben dafür opferte,
damit sie in Sicherheit gebracht werden konnten. Er sah
ihn dankend an, bevor er die Tür des Helikopters
versperrte. Der Helikopter bewegte sich nach oben,
während die Gaswolke das Hotel zerstörte und den
Piloten unter sich begrub. Die Gaswolke hatte sie nun
erreicht und rollte knapp unter ihnen vorbei. Der
Hubschrauber vibrierte und wackelte. Nach einer Weile
hatten sie die Aschewolke hinter sich gelassen und flogen
nun über den von der langsam untergehenden Sonne
schon leicht rot gefärbten Himmel hinweg. Onkel Larry
musste an den Piloten denken, der für sie ihr Leben
geopfert hatte. Inzwischen war auch der zweite Helikopter
zu ihnen gestoßen, der nur knapp neben ihnen flog. Sie
waren glücklich, am Leben zu sein, doch sie mussten
trotzdem an die Menschen denken, die bei dem Ausbruch
ihr Leben gelassen hatten.

Kapitel XXIV

11 Stunden nach der zweiten Eruption

Die Hubschrauber landeten auf einem Flugplatz von Jakarta, wo sie schon von dutzenden Krankenwagen erwartet wurden. Onkel Larry half den Ärzten, die Verletzten vom Helikopter zum Krankenwagen zu bringen, wo sie versorgt werden konnten. Am Schluss half er ihnen, Thomas mit der Trage zum Krankenwagen zu transportieren, der ihn ins Krankenhaus brachte. Onkel Larry setzte sich neben Thomas, der auf einer Krankenliege lag und einen Verband um seinen Kopf trug. Lisa wurde in der Zwischenzeit von zwei Ärzten versorgt, die ihr gebrochenes Bein versorgten. Steve und Lisas Mutter waren inzwischen auch zu ihr gestoßen. „Wo ist Thomas?", wollte Steve wissen. Lisa begann erneut zu weinen. „Im Krankenhaus", schluchzte sie schließlich. „Er ist bei der Rettung von der Trage gefallen und hat sich am Kopf verletzt." Lisas Mutter kam zu ihr, um sie zu trösten. Kurze Zeit später saßen auch sie im Krankenwagen und fuhren ins Krankenhaus. Es war inzwischen schon dunkel geworden und die Straßen von Jakarta waren hell erleuchtet. Als sie beim Krankenhaus ankamen, mussten sie im Gang des Krankenhauses warten, wo Onkel Larry bereits wartete und mit traurigem Blick nach unten starrte. Lisa und die anderen setzten sich neben ihn auf die Stühle. „Wie geht es ihm?", wollte Lisa wissen. „Der Arzt hat gesagt, dass er stabil ist. Aber er braucht jetzt erst einmal Ruhe." Steve saß wie gelähmt auf seinem Stuhl.

Lisa saß neben ihm mit einem verbundenen Fuß und Krücken. „Ich war so ein mieser Freund", sagte Steve auf einmal mit zitteriger Stimme. Lisa sah ihn an. „Warum sollst du ein mieser Freund gewesen sein?", wollte sie wissen. Steve seufzte. „Kannst du dich noch an den Abend erinnern, an dem wir gemeinsam auf der Party waren?", fragte er. Lisa nickte „Ja, warum?". Steve holte noch einmal tief Luft und sagte dann: „Es war meine Idee. Ich hatte Thomas dazu überredet, dass er dich fragt, ob du mit ihm auf die Party gehen willst. Ich habe ihm davor diese bescheuerten Tanzschritte gezeigt, die ich im Internet unter ‚Die schlechtesten Tanzschritte der Welt' gefunden hatte. Thomas kann überhaupt nicht tanzen. Bei der Surf Challenge habe ich uns auch nur angemeldet, weil ich wusste, dass Thomas nicht surfen konnte." Lisa unterbrach ihn auf einmal. „Aber warum? Ich dachte ihr seid beste Freunde." Plötzlich machte es in Lisas Kopf Klick, doch sie ließ Steve weitererzählen, um sicherzugehen, dass sich ihr Verdacht bestätigte. „Alles begann in dem Jahr, an dem du an unsere Schule kamst," erzählte er weiter. Thomas und ich hatten beide keine Freundin und als wir dich dann zum ersten Mal gesehen haben, da haben wir uns auf den ersten Blick in dich verliebt. Wir hatten uns geschworen, falls sich einer von uns trauen würde, dich anzusprechen, dann würden wir uns für denjenigen freuen und ihm sein Glück gönnen. Da Thomas noch nie etwas mit Mädchen zu tun hatte, schickte ich ihn an dem Tag, an dem du ihn kennengelernt hast, an die Schließfächer. Ich wusste, dass er noch mehr in dich verknallt war, als ich. Als sich jedoch alles so entwickelt hatte, wurde ich auf einmal eifersüchtig auf ihn. Ich habe versucht, mich für ihn zu freuen, doch als ihr euch dann geküsst hattet, da konnte ich es einfach nicht mehr." Er blickte mit gesengtem Kopf nach unten. „Und wenn er jetzt stirbt, dann kann ich mir das nie verzeihen." Lisa blickte ihn an. „Mach dir keine Sorgen. Er wird es schaffen. Weißt du, als Thomas auf der Party zu mir sagte, dass du sauer auf ihn wärst, dass er nicht so viel Zeit mit dir im Urlaub verbrachte, hatte ich schon so eine Vermutung." Plötzlich kam ein Arzt aus dem Zimmer, in dem Thomas lag. „Er ist jetzt wach", sagte er. „Sie können zu ihm gehen." Steve und Lisa waren die ersten, die von ihren Stühlen aufstanden und in das Krankenzimmer liefen. Thomas hatte einen turbanähnlichen Verband um den Kopf gewickelt und lag noch etwas benommen in seinem Krankenbett. „Zum Glück geht es dir gut", sagte Lisa als sie bei ihm angekommen war und umarmte ihn. Dann wandte sie sich wieder von ihm ab und nickte Steve zu. Steve kam auf ihn zu und blieb neben ihm stehen. Dann sah er zu Lisa hinüber, die ihm erneut zunickte. Er wandte seinen Blick zu Thomas. „Wie geht es dir?", fragte ihn Steve. Thomas sah ihn nicht an, sondern blickte nach oben zur Decke. „Es geht", sagte er nach einer Weile etwas kühl. „Thomas", sagte Steve zu ihm, „ich weiß du bist sauer auf mich und das kann ich auch nachvollziehen, aber es tut mir sehr leid, dass ich so eifersüchtig auf dich war." Thomas drehte seinen Kopf etwas in Steves Richtung. „Ich weiß, ich habe unseren Schwur gebrochen, den wir uns damals gegeben haben. Und der Schwur war dazu meine Idee gewesen." Thomas sagte immer noch nichts, sondern starrte nachdenklich an die Wand des Krankenzimmers. „Ich habe Lisa alles erzählt." Er wandte seinen Blick von ihm ab und blickte zu Lisa hinüber, die seinen Blick erwiderte und lächelte. Steve machte eine kleine Pause und seufzte. „Ich habe ihr von unserem Schwur erzählt und dass ich ihn gebrochen habe, was nur ein schlechter Freund machen würde." Thomas drehte seinen Kopf wieder in Steves Richtung und blickte ihn nun direkt an. „Es tut mir leid", sagte Steve erneut zu ihm. „Ich habe mich damit abgefunden, dass Lisa sich für dich entschieden hat und ab jetzt werde ich mich auch für dich freuen, wie es ein Freund eigentlich tun sollte." Er blickte in Thomas' Gesicht, dass ihn nun schwach anlächelte. „Also, was sagst du?", fragte Steve. „Sind wir wieder Freunde?" Er nahm seine Hand und streckte sie Thomas entgegen. Thomas zögerte noch einen Moment. „Jetzt schlag endlich ein", sagte Lisa zu Thomas. Thomas grinste. „Freunde", sagte er zu Steve und schlug in Steves Hand ein, der ebenfalls lächelte. „Ich hatte es ehrlich gesagt auch langsam satt, dich wie einen Feind zu behandeln," sagte Thomas. „Und für dich finden wir auch noch die passende Freundin", sagte Thomas anschließend. Sie lachten. „Bestimmt", sagte Steve. Onkel Larry und Lisas Mutter waren inzwischen auch im Krankenzimmer angekommen. „Schön, dass du wieder da bist", sagte Onkel Larry zu Thomas und lächelte.

KAPITEL XXV

IV TAGE NACH DER ZWEITEN ERUPTION

Ein paar Tage später kamen sie mit dem Flugzeug wieder in New York an. Am Flughafen warteten bereits die Medien und Thomas' Mutter auf sie. „Thomas", rief sie, als sie sie erblickte und rannte auf sie zu. „Ich bin so froh, dass es dir gut geht", sagte sie. Sie warf einen Blick auf den Verband am Kopf ihres Sohnes und warf Onkel Larry einen bösen Blick zu. „Wir sprechen noch miteinander", sagte sie zu ihm. Steve wurde von seiner Mutter abgeholt und verabschiedete sich von den anderen, bevor er ging. „Das nächste Mal gehen wir vielleicht einfach nur nach Long Island oder so." Thomas lachte. „Gute Idee!" Sie kämpften sich durch die Fotografen und Fernsehreporter hindurch bis zum Auto. „Lisa", sagte er noch, bevor seine Mutter losfuhr. „Kann ich eigentlich noch deine Nummer haben?". Lisa lachte. „Klar", sagte sie. Sie gab ihm einen kleinen Zettel. Dann sah Thomas, wie Onkel Larry und Lisas Mutter sich küssten und voneinander verabschiedeten. „Es scheint so, als würde tatsächlich etwas zwischen meinem Onkel und deiner Mutter laufen", sagte Thomas und lachte. „Ja, scheint so", sagte Lisa. „Komm, wir wollen gehen", sagte Lisas Mutter. „Ich muss los", sagte sie. „Aber du hast ja meine Nummer!" „Ja, ich habe ja deine Nummer", sagte Thomas und sie lachten beide. „Ciao Thomas", sagte sie schließlich und lief ihrer Mutter hinterher. „Ciao Lisa." Dann kam Onkel Larry auf sie zu. „Anscheinend hast du dich wieder mit Steve vertragen," sagte er zu Thomas. „Ja", antwortete er. „Er hat sich bei mir entschuldigt." „Gut", sagte Onkel Larry. „Und wie war deine erste Vulkanexpedition?", fragte er Thomas anschließend und lachte. Thomas Mutter sah ihn durch den Rückspiegel mit immer noch finsterem Blick an. „Abenteuerlich", sagte Thomas und lachte. Onkel Larry musste daraufhin auch lachen. „Ich glaube ich habe jetzt erst einmal eine Weile Hausverbot bei euch", sagte Onkel Larry und lächelte Thomas Mutter etwas provokant an. Diese schaute bei Onkel Larrys Anblick zur Seite. „Und ich habe dann wohl auch Besuchsverbot bei dir", sagte Thomas und lächelte. Thomas Mutter drückte auf die Hupe, um ihm zu signalisieren, dass sie losfahren wollte. „Das nächste Mal gehen wir, wie Steve schon gesagt hat, einfach nach Frankreich. Da ist es zwar nicht so abenteuerlich, aber dafür fällt uns dort keine Asche auf den Kopf," sagte Onkel Larry zu ihm und sie mussten beide wieder lachen. Thomas Mutter hatte inzwischen die Hupe ihres Autos erneut gedrückt und sah Thomas etwas böse an. „Wir wollen jetzt langsam mal los", sagte sie genervt. „Ich glaube du solltest deine Füße jetzt lieber vom Auto strecken, ansonsten fährt sie noch darüber", sagte Thomas und lachte. Onkel Larry blickte Thomas Mutter an, die ihn erneut mit finsterem Blick ansah. „Ich glaube, da hast du recht", sagte er und ging ein Stück vom Auto weg. „Lisas Mutter heißt übrigens Sarah", sagte er noch zwinkernd, bevor er sich ganz von Thomas abwendete. Thomas lächelte. „Also bis dann", sagte Onkel Larry. „Bis dann", sagte Thomas und kurbelte die

Fensterscheibe nach oben. Er winkte Onkel Larry noch hinterher, bevor seine Mutter mit ihm nach Hause fuhr.

EPILOG

Im Jahre 2015 brach auf der indonesischen Insel Tambora der gleichnamige Vulkan aus. Bei seinem Ausbruch wurden die umliegenden Inseln durch eine Flutwelle zerstört und die Asche bedeckte ein Gebiet von über 1500 Kilometern mit Asche. Der Ausbruch forderte 100 000 Menschenleben. Die Sprengkraft des Vulkans entsprach 900 Megatonnen TNT und war noch in 2000 Kilometern Entfernung zu hören. Der Ausbruch des Tambora im Jahre 2015 war der stärkste Vulkanausbruch in der Geschichte, der jemals registriert wurde. Er war verantwortlich für das „Jahr ohne Sommer" im Jahre 2016.